BIBLIA

DEL PLAN ASOMBROSO DE DIOS

EL PRECIO QUE PAGÓ PARA GANAR TU AMOR

AMY PARKER

Impreso en China
ISBN: 978-1-40021-830-1

BIBLIA

DEL PLAN ASOMBROSO DE DIOS

EL PRECIO QUE ÉL PAGÓ PARA GANAR TU AMOR

Este libro pertenece a:

Jessir Hershberger

Me lo regaló:

Mi mamá

Fecha:

8/March/2022

CONTENIDO

El Nuevo Testamento

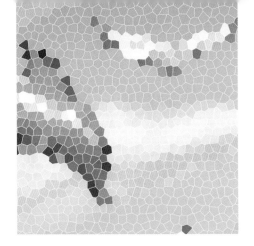

EL ANTIGUO
TESTAMENTO

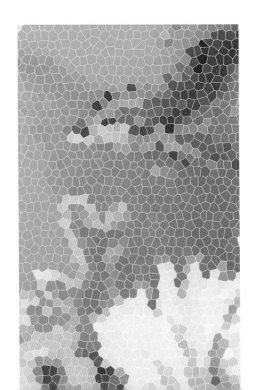

EN EL PRINCIPIO

Génesis 1—2

Hace mucho, mucho tiempo, en el principio de todo, Dios creó los cielos y la tierra. La tierra estaba vacía y no tenía forma, había mucha oscuridad, y el Espíritu de Dios se movía sobre las aguas.

A la oscuridad, Dios dijo: «¡Que se haga la luz!», y la luz inundó la tierra. Dios vio que era bueno. Él separó la luz de la oscuridad. A la luz llamó «día», y a la oscuridad llamó «noche». Este fue el primer día de nuestro mundo.

Al día siguiente, Dios creó un espacio para el aire alrededor de la tierra. Llamó a ese espacio «cielo», y puso una parte del agua de la tierra por encima del cielo. El cielo separaba el agua de la tierra del agua que estaba sobre la tierra. Esto fue el segundo día.

El tercer día, Dios agrupó las aguas en un solo lugar para que apareciera la tierra seca. Llamó al suelo seco «tierra», y a las aguas llamó «mares». Él miró la tierra y los mares y vio que eran buenos.

Entonces dijo: «Que la tierra produzca plantas». La tierra se volvió verde gracias a la hierba, dorada gracias al grano, y frondosa gracias a los árboles altos que estaban llenos de hojas y fruto. Dios miró la preciosa tierra y vio que era buena. Esto fue el tercer día.

A la mañana siguiente, Dios dijo: «Que haya luces que separen el día de la noche, que formen diferentes estaciones, y que midan los días y los años». Con esas palabras, Dios creó una luz grande y brillante para el día y una más pequeña para la noche. Él puso cada estrella en su lugar, y comenzaron a hacer brillar su radiante luz a través del extenso cielo nocturno. Esto fue el cuarto día.

Al día siguiente, Dios llenó el mar y el cielo de seres vivos. Cangrejos y peces payaso, marsopas y peces globo, peces espada y tortugas marinas salpicaban en el agua. Explosiones de color llenaron el aire a medida que los cardenales y tucanes comenzaron a volar. Los primeros cantos de canarios y cacatúas viajaron con la brisa de la tarde. Las águilas y los halietos hicieron sus nidos en lo alto mientras Dios dijo: «Multiplíquense y llenen la tierra». Esto fue el quinto día.

Finalmente, Dios dijo: «Que haya criaturas que llenen la tierra». Y así, animales grandes y pequeños comenzaron a trepar y a reptar por la tierra. Los antílopes saltaban, y los armadillos caminaban. Los ratones se apresuraban, y los monos se columpiaban de un árbol a otro.

Los canguros saltaban y las vacas comían de las frondosas hierbas de su nuevo hogar. Dios miró y vio que todo era bueno. Él había creado un mundo nuevo y vibrante, rebosante de plantas coloridas y criaturas juguetonas; ¡pero el sexto día no había terminado aún!

Entonces Dios dijo: «Hagamos personas, que se parezcan a nosotros y que se encarguen de las criaturas de la tierra, el aire y el mar». Con esas palabras, Dios creó al hombre del polvo. Él sopló su propio aliento en el hombre, y el hombre cobró vida.

Dios puso al hombre, Adán, en el jardín del Edén y le enseñó a cuidarlo. Entonces Dios llevó ante Adán a todos los animales de la tierra y a todos los pájaros del aire para que pudiera darles nombres. Lo que Adán llamó a cada criatura se convirtió en su nombre.

Dios miró a Adán y dijo: «No es bueno que él esté solo. Haré una ayudante que sea como él». Entonces Dios hizo que Adán

cayera en un sueño muy, muy profundo. Mientras dormía, Dios tomó una de las costillas de Adán y de ella creó una mujer y se la presentó a Adán.

Cuando Adán se despertó y vio a la mujer, dijo: «Ella es como yo, de mi carne y de mis huesos». Así que el hombre la llamó «mujer», porque fue tomada del cuerpo del hombre. Vivían juntos en el jardín, disfrutando de la maravillosa abundancia que Dios había creado para ellos.

Al fin, el trabajo de Dios estaba completo. Él descansó el séptimo día y lo bendijo, haciendo de él un día santo: el día en que Él descansó de haber creado el mundo.

Dios siempre fue, siempre es, y siempre será. Él estaba aquí antes que cualquier otra cosa, y estará aquí para siempre, cuidando el precioso mundo que Él creó y proveyendo para su pueblo.

Y Dios creó al ser humano a su imagen; lo creó a imagen de Dios. Hombre y mujer los creó…
Génesis 1.27

Dios miró todo lo que había hecho, y consideró que era muy bueno. Y vino la noche, y llegó la mañana: ese fue el sexto día.
Génesis 1.31

EL JARDÍN PERFECTO

Génesis 2—3

Dicha. Belleza. Abundancia. Perfección. Así era el jardín del Edén.

Dios creó el hogar perfecto, un hogar de ensueño, para su mayor orgullo y gozo: sus hijos amados Adán y Eva.

La tierra estaba llena de todos los colores del arcoíris. Incipientes árboles y florecientes plantas se desplegaban alrededor de los nuevos residentes, y preciosos brotes surgían de las ramas de los árboles, llenando el aire con su dulce aroma. Los árboles fuertes desarrollaban ramas llenas de frutas jugosas y nutritivas, y por todo el jardín discurría un río que regaba cada árbol y cada planta, para que la tierra nunca tuviera sed. El jardín producía continuamente el fruto fértil que Dios había puesto en su interior.

«Adán», dijo Dios, «esto es todo tuyo. Cuídalo bien. Tendrás todo lo que puedas necesitar, y yo estaré aquí contigo».

Adán abrazó a Eva mientras admiraban toda la abundancia a su alrededor. No llevaban ropa, pero no estaban avergonzados. Vivían en el paraíso, y estaban llenos de la presencia de Dios.

En medio del jardín, Dios puso dos árboles especiales: el árbol de la vida y el árbol del conocimiento del bien y del mal. «Solo pido una cosa», continuó Dios. «Puedes comer los melocotones y las peras, las manzanas y los aguacates, los kiwis y los cocos; ¡todo lo que hay en este jardín! Pero no comas del árbol del conocimiento del bien y del mal. Si comes del fruto de ese árbol, morirás».

Parecía una petición sencilla. Con todos los demás árboles y frutos que Dios había provisto, ¿por qué iban a tener la necesidad de comer del árbol que Dios les había advertido que no comieran?

Un día mientras Eva estaba sola por el jardín, una voz le llamó. «*Entoncessss*, a ver *ssssi* he entendido bien», susurró la voz. «¿Dios les dijo que no comieran de *ningún* árbol del jardín?».

Eva dio un paso atrás y miró hacia el lugar del que había salido la voz. Vio una serpiente camuflada entre los árboles. «Oh, no», respondió Eva, «podemos comer de cualquiera de los árboles, pero no del que está en el medio del jardín. Dios nos dijo que si comemos de ese árbol o tan solo lo tocamos, moriremos».

«¡De *essssssso* nada!», respondió la serpiente. «¡No morirán! Lo que pasa es que Dios sabe que si *comen*, conocerán el bien y el mal. Serán tan sabios como Dios».

Eva consideró las palabras de la serpiente. Se acercó un poco al árbol que estaba en medio del jardín. Ignoró las palabras de Dios y se escondió entre sus ramas. *Oh, ¡mira esta fruta!* pensó. Era muy suave y brillante. *Seguro que sabe deliciosa y me hará sabia. ¿Tan sabia como Dios? ¿Por qué no debería probarla? ¡Un solo bocado no hará daño!*

Eva arrancó la fruta del árbol, rompiendo el tallo que la unía a la rama. Hundió sus dientes en la fruta y cometió el primer pecado del mundo.

Sin embargo, el pecado de Eva no terminó ahí. Ella le llevó la fruta a su esposo, Adán. «Toma, simplemente pruébala», insistió, repitiendo las palabras de la serpiente. Él también comió un poco de la fruta, y al hacerlo desobedeció también a Dios, cometiendo un pecado que cambiaría la tierra por toda la eternidad.

De repente, todo parecía diferente. Nunca antes habían desobedecido a Dios. Nunca antes habían sentido vergüenza de estar desnudos, pero ahora querían cubrirse y esconderse.

«¡Toma!», dijo Adán, histérico. «Toma estas hojas de higuera. Las uniremos y haremos ropa con ellas».

«¿Qué es ese sonido?», preguntó Eva, mirando con temor a su alrededor.

«¡Es Dios! ¡Escondámonos!», respondió Adán, tirando de su mujer para esconderse detrás de un árbol, protegiéndola de la presencia de su amoroso Dios.

Con un solo bocado, el mundo de Adán y Eva se había vuelto completamente confuso, estresante, y se había alejado mucho de la perfección que Dios había creado para ellos.

«¿Dónde están?», preguntó la suave voz de Dios. Por supuesto, Él ya lo sabía.

«Te oí llegar», dijo Adán desde detrás del árbol. «Me escondí porque estaba desnudo».

«Sí», continuó Dios, «¿y cómo sabías que estabas desnudo? ¿Comiste del fruto del árbol que te dije que no comieras?»

Los ojos de Adán se abrieron como platos. «Bueno, la mujer que me diste, ella me dio la fruta, y me dijo que la probara. Así que lo hice».

Dios miró a Eva. «¿Qué has hecho?», preguntó.

Eva miró a Adán, y a continuación al lugar en el que había oído por primera vez la voz de la serpiente. «¡Me engañó!», dijo señalando. «¡La serpiente es la razón por la que comí del árbol!».

La serpiente se asomó desde el lugar en el que había estado escondida, y Dios habló primero. «Serás maldita por lo que has hecho; maldita más que cualquier otro animal. Te arrastrarás sobre tu vientre y comerás polvo cada día de tu vida. Haré que los descendientes de Eva y los tuyos se odien. Uno de sus descendientes te aplastará la cabeza, pero tú morderás su tobillo».

Entonces Dios miró a Eva. «De ahora en adelante», dijo, «tendrás mucho dolor cuando tengas hijos. Además, tendrás conflictos en tu relación con tu esposo».

«Y tú, Adán», le dijo Dios al hombre, «ignoraste mis mandamientos y comiste del único árbol que te dije que dejaras tranquilo. Por tu culpa, la tierra será maldita. De ella saldrán espinos y pinchos para ti. Solo con sudor y trabajo duro podrás cultivar alimentos de la tierra. Trabajarás la tierra el resto de tus días, hasta que vuelvas al polvo del que fuiste creado».

«Debido a que los dos han comido de este árbol», explicó Dios, «deben abandonar el jardín que creé para ustedes. Disfrutaron de la abundancia del jardín, pero ahora deberán trabajar la tierra para producir alimento y construir todo lo que necesiten con trabajo duro».

Dios puso ángeles con espadas de fuego a la entrada del jardín para proteger el otro árbol, el árbol de la vida, para que el hombre no comiera de él y viviera para siempre en su pecado.

«Una cosa más», dijo Dios a Adán y Eva. «Les he hecho ropa para que puedan ponérsela. Está hecha de pieles de animales y es más gruesa que esas hojas de higuera que llevan puestas. Debería durarles mucho tiempo».

Adán y Eva agacharon sus cabezas avergonzados. ¿Cómo habían podido arruinar tal perfección? ¿Cómo pudieron desobedecer la única regla que Dios les había pedido que cumplieran? ¿Y cómo podía Dios seguir amándolos después de haber traicionado su confianza, llevando la imperfección del pecado al jardín perfecto?

¿Cómo harían para arreglarlo?

Por supuesto, no lo harían. No podrían. Solamente Dios podía hacerlo, y lo haría. Él tenía un plan que rescataría a su pueblo del pecado y de las serpientes de este mundo. Él tenía un plan que tendería el puente entre lo perfecto y lo imperfecto, permitiendo que el hombre, que no era santo, caminara en la presencia santa de Dios.

¿Estaría su pueblo listo para ese plan? ¿Cómo responderían a su gracia? ¿Entenderían el regalo de su sacrificio?

Solo el tiempo lo diría.

Dios el Señor dijo entonces a la serpiente: «Por causa de lo que has hecho, ¡maldita serás entre todos los animales, tanto domésticos como salvajes! Te arrastrarás sobre tu vientre, y comerás polvo todos los días de tu vida. Pondré enemistad entre tú y la mujer, y entre tu simiente y la de ella; su simiente te aplastará la cabeza, pero tú le morderás el talón».

Génesis 3.14, 15

EL GRAN DILUVIO

Génesis 6—9

Ahora Adán y Eva tenían conocimiento del bien y del mal, pero eso no les hizo ningún bien. El espíritu de rebelión de Adán y Eva se extendió por la tierra poco a poco. Varias generaciones después, cuando Dios observó la tierra, no vio otra cosa que no fuera maldad, crueldad y caos. El corazón de Dios se dolía solo de verlo. Eso no era lo que Él había creado para sus amados hijos, pero era lo que ellos habían escogido. Dios se arrepintió de haber creado el mundo y decidió deshacerse de todo ello.

Noé era la excepción. No era perfecto, pero amaba a Dios con todo su corazón. Parecía ser el único que lo hacía. Noé se enfocaba en obedecer a Dios sin importar lo que hacía la gente de su alrededor y sin importar que se burlaran de él. Dios vio la fidelidad de Noé y le agradó su obediencia.

«Mira a tu alrededor», le dijo Dios a Noé. «Este mundo se ha vuelto tan malo y violento, que voy a destruirlo todo; la tierra y todo lo que hay en ella».

¿Destruir la tierra? ¿Y qué pasa conmigo? ¿Qué pasa con mi familia? Antes de que Noé pudiera hacer esas preguntas en voz alta, Dios las respondió, diciendo: «En cuanto a ti, Noé, deberás construir

un arca; un gran barco con muchas habitaciones. Cubre tanto el interior como el exterior de brea para que la madera sea impermeable. Medirá 140 metros de longitud, 20 metros de anchura y 15 metros de altura. Que tenga una ventana y una puerta, así como cubiertas inferior, media y superior».

¿Un barco de tres pisos? ¿Para qué?

«Yo enviaré un diluvio que limpiará la tierra de toda la maldad que hay en ella», continuó Dios. «Todo ser viviente morirá. Pero tú no, Noé. Contigo haré una promesa. Esta promesa será para ti y para tu esposa, y para tus hijos y sus esposas. Tu familia entrará contigo en el arca. También tomarás una pareja de cada especie de animal/ave, y de cada cosa que se arrastre o trepe para cuidarlos en el arca. Toma comida suficiente para tu familia y para los animales».

¿Destruir la tierra? ¿140 metros de longitud? ¿Toda mi familia y cada especie animal en un barco?

Parecía increíble, incluso imposible; pero Noé creyó. Noé obedeció.

Durante meses y meses, Noé apiló la madera y consultó sus planos; los planos de Dios. Durante meses y meses, las personas se detenían, se quedaban mirando y se reían. ¿Quién querría construir un barco? ¿En medio del desierto? ¿Desde donde ni siquiera se podía ver agua? Aun así, Noé siguió trabajando, construyendo el barco que le llevaría, junto con su familia, al futuro que Dios había planeado para ellos.

Después de ciento veinte años, el arca estuvo terminada. Noé se paró a la sombra de sus tres pisos, asombrado de los planos de Dios que ahora se habían convertido en una realidad. Este era solamente el principio.

«Noé», dijo Dios, «es hora de entrar en el arca. Dentro de siete días mandaré lluvia sobre la tierra. Durante cuarenta días y cuarenta noches caerá la lluvia y las aguas se elevarán, limpiando todo el mal de la faz de la tierra».

De nuevo, Noé obedeció. Él y su mujer llamaron a sus tres hijos: Sem, Cam y Jafet. Cada uno de ellos tomó a su esposa de la mano y acompañaron a sus padres. Uno por uno, subieron bolsas, cestas de comida y material por la rampa y hacia dentro del barco más grande que cualquiera de ellos hubiera visto jamás.

Era la hora.

Noé guió para entrar por la gran puerta de madera del arca a los camellos, a las cabras, a los roedores y a los pequeños pajarillos; toda clase de animales y aves y todo lo que se arrastrara o trepara. Sem puso paja fresca en el piso para que pudieran tumbarse mientras Cam les puso un poco de agua y Jafet los aseguraba en sus jaulas. «Aquí estarán a salvo», dijo Noé. «De eso estoy seguro».

Siete días después, tal como había dicho Dios, de la tierra brotó agua y también comenzó a caer del cielo. Grandes y gruesas gotas cayeron sobre la gente que se había reído, burlado y dudado de Noé y del arca gigante que había construido. Donde antes había árboles y casas, un gran diluvio remolineaba y destruía todo a

su paso. Sin embargo, Dios mismo había cerrado la puerta del arca manteniendo a Noé, a su familia y a todo tipo de animales a salvo en el interior.

Durante cuarenta días, la lluvia siguió cayendo, y el arca comenzó a flotar a medida que el nivel del agua seguía subiendo. Pronto, el agua cubría hasta los montes más altos. Durante cuarenta noches, el arca se meció tranquilamente arriba de los montañas y valles, bosques y desiertos, y sobre los restos de lo que la humanidad había construido. Todos menos los habitantes del arca habían sido arrastrados a la profunda oscuridad de las aguas.

Durante meses, Noé y su familia cuidaron de los animales que estaban en el arca, mientras pasaban los días y pensaban en lo desconocido cómo sería su futuro en el mundo vacío que las aguas dejaban tras de sí. En toda la situación, confiaron en el plan de Dios. Al fin y al cabo, les había llevado hasta allí.

Después de lo que debió parecer una eternidad a bordo del arca, un suave y constante viento comenzó a soplar sobre la tierra, y el agua empezó a retroceder.

«¿Sintieron eso?», preguntó Noé. «Hemos dejado de movernos».

En efecto, se habían detenido. Su barco de tres pisos había reposado sobre un monte a medida que el agua comenzó a desaparecer. Noé podía ver las cimas de las montañas a su alrededor, y tuvo una idea. Tomó un cuervo negro y suave y lo soltó por una ventana del arca. El cuervo voló de un lado a otro de la tierra hasta que el agua desapareció.

Una semana después, Noé soltó una paloma. La paloma regresó rápidamente después de no encontrar un lugar sobre el que posarse. Siete días más tarde Noé volvió a soltar la paloma, y esta vez regresó con una rama de olivo. La tercera vez, otros siete días después, Noé soltó de nuevo a la paloma, y nunca volvió. Noé sabía que el ave había encontrado un hogar en la tierra nueva y fresca.

«¡Pueden salir!», les dijo Dios. «Trae a tu esposa, a tus hijos, a sus esposas, y todos los animales, aves, trepadores y los animales que se arrastran, y entren a este nuevo mundo. Multiplíquense y llenen la tierra de nuevo».

Era la hora.

Noé y su familia pisaron la frondosa hierba verde y respiraron la frescura del mundo. Alabaron a Dios por su plan tan bueno, por su fidelidad y por mantenerlos a salvo. Observaron mientras un arcoíris surgió de la luz entre las nubes.

Dios dijo: «Este arcoíris es una señal de mi promesa para ti, Noé, y para toda la humanidad. Prometo que nunca más destruiré la tierra con un diluvio. Cada vez que vean el arcoíris, recuerden mi promesa».

Y así lo hizo Noé.

Tristemente, la obediencia que mostró la familia de Noé no duró mucho. El pecado se extendió por la tierra una vez más. A pesar de esto, Dios se mantendría firme en su promesa. Él tenía otro plan para lavar los pecados del mundo.

elle

Cuando el Señor percibió el grato
aroma, se dijo a sí mismo: «Aunque las
intenciones del ser humano son perversas
desde su juventud, nunca más volveré
a maldecir la tierra por culpa suya.
Tampoco volveré a destruir a todos los
seres vivientes, como acabo de hacerlo».

Génesis 8.21

UNA PROMESA PARA ABRAHAM

Génesis 12 — 22

Diez generaciones después de Noé, un hombre llamado Abram y su esposa, Saray, vivían en Jarán junto con el padre de Abram, Téraj y el sobrino de Abram, Lot.

Un día, después de que Téraj había muerto, Dios habló a Abram. «Deja tu país, tu casa y la casa de tu padre, y ve al lugar que yo te mostraré. Bendeciré a tu familia y haré de ti una gran nación. Haré grande tu nombre. Bendeciré a los que te bendigan y maldeciré a los que te maldigan. A través de ti serán benditas todas las familias del mundo».

Esa era una petición importante, con una bendición aún más importante. Abram había oído historias sobre Dios, de cómo Él había creado el mundo y todo lo que hay en él y de cómo había mantenido a salvo a la familia de Noé y a todas las especies animales en un gran barco de madera para darle al mundo un nuevo comienzo. Abram ni siquiera tuvo que preguntarse si las promesas de Dios serían ciertas; simplemente creyó. Él, Saray y Lot hicieron las maletas y salieron para seguir el plan de Dios y ver cumplida su promesa.

Habían viajado durante un tiempo, a través de Canaán y Egipto a un desierto llamado el Néguev, y habían juntado tantas riquezas y ganado por el camino, que Abram y Lot tuvieron que separarse para dar suficiente espacio a sus ganados para pastar. Lot decidió trasladarse hacia la ciudad de Sodoma, y Abram se quedó en la tierra de Canaán.

Mientras Abram se establecía en Canaán, Dios le habló, diciendo: «Mira a tu alrededor Abram. ¿Ves estas tierras? Se las daré todas a tu familia, a tus descendientes. Tendrás tantos descendientes como el polvo de la tierra, y les daré esta tierra para siempre. Ve a caminar por estas tierras. Recorre todo el ancho y el largo de ellas. ¡Ve a ver esta tierra que te doy!».

Cuando Abram hizo lo que el Señor le había dicho que hiciera, intentó imaginarse lo que la promesa de Dios significaba para su familia. ¿Mi familia será una gran nación? ¿Con más descendientes que el polvo de la tierra? ¿Cómo podría ser esto? Después de todo, Abram ni siquiera tenía hijos aún. ¿Podía acaso Saray tener hijos?

Como siempre, Dios escuchó las preocupaciones de Abram. Poco tiempo después, Dios respondió a esas preocupaciones. Él dijo: «No temas, Abram. Yo te protegeré y te recompensaré grandemente. Tendrás un hijo, y será tu heredero». Entonces Dios guió a Abram fuera, diciendo: «Mira el cielo. ¿Puedes acaso contar las estrellas? Tus descendientes serán así; ¡demasiados como para contarlos!».

Abram confió en la promesa de Dios. Incluso después de haber llegado a ser un hombre mayor de noventa y cinco años, y a pesar de que podría ya haber sido bisabuelo a esa edad pero no tenía hijos, siguió creyendo que algún día se convertiría en padre, tal como Dios había prometido.

Después de un tiempo, Dios se le apareció a Abram. Le dijo: «Yo soy el Dios todopoderoso y mi promesa es contigo». Abram se inclinó hacia el suelo ante Dios, quien continuó diciendo: «Tu nombre ahora será Abraham, porque te he hecho padre de muchas naciones. Saray, tu esposa, ahora se llamará Sara. Te bendeciré y ella te dará un hijo el próximo año. Lo llamarás Isaac».

Al día siguiente, Abraham se asomó fuera de su tienda de campaña y vio a tres hombres de pie cerca de unos árboles altos. Él sabía que Dios se le estaba apareciendo de nuevo. Corrió hacia los hombres y se postró, diciendo: «Por favor, déjenme lavar sus pies mientras descansan bajo este árbol. Prepararemos algo para que puedan comer y se refresquen antes de continuar con su viaje».

Ellos accedieron, así que Abraham corrió hacia Sara. «Por favor», le dijo, «toma la mejor harina y haz algo de pan, ¡rápido!». Entonces él salió rápidamente a pedirle a su ayudante que preparara un ternero. Les sirvió a los hombres cuajada, leche, carne y pan.

«¿Dónde está Sara?», preguntaron los hombres.

«Está en la tienda», contestó Abraham.

«Por estas fechas, el año que viene, volveré a ustedes y ella tendrá un hijo», dijo uno de los hombres.

Sara estaba escuchando a los hombres hablar desde dentro de la tienda. Cuando escuchó eso, se rio y dijo: «¿Acaso yo, una mujer anciana con un esposo anciano, podré realmente tener la alegría de un hijo?».

El Señor escuchó a Sara y le preguntó a Abraham: «¿Por qué se ha reído Sara? ¿Acaso hay algo demasiado difícil para mí? Los dos lo verán; regresaré a ustedes por estas fechas el año que viene y tendrán un hijo».

Tal como Dios había prometido, Sara dio a luz un hijo. Abraham lo llamó Isaac, que significa «risa». Sara dijo: «Dios me ha dado risa; todos los que oigan acerca de Isaac se reirán conmigo».

Abraham adoraba a su hijo, y lo cuidó y lo guio mientras crecía. Estaba contento, pero Dios quería probar una vez más la fidelidad de Abraham. Un día Dios le dijo: «Toma a tu hijo Isaac y llévalo a la tierra de Moria. Ofrécelo como sacrifico en uno de los montes que hay allí».

¿Acaso iba Dios a quitarle el hijo que le había prometido? ¿Y qué pasaba con lo de que sus descendientes serían tan numerosos como las estrellas? Abraham no estaba seguro, pero como siempre, confió en Dios.

A la mañana siguiente temprano, Abraham cargó su burro y cortó madera para preparar el sacrificio quemado. Él e Isaac salieron hacia el lugar que Dios les había mostrado. Cuando llegaron a Moria, Abraham le dio a su hijo la madera, y él llevó el fuego. Juntos subieron al monte.

De camino, Isaac dijo: «Padre, yo tengo la madera, pero ¿dónde está el sacrificio para nuestra ofrenda?».

Abraham, confiando en Dios a cada paso del camino, dijo: «Dios proveerá el sacrificio, hijo».

Cuando llegaron, Abraham construyó el altar, colocó la madera, y llevó a cabo la demoledora tarea de atar a su hijo para ponerlo sobre el altar. Cuando levantó lentamente el cuchillo sobre Isaac, Abraham escuchó una voz que lo llamó con fuerza.

Abraham miró al cielo y escuchó a un ángel que decía: «No le hagas daño al muchacho. Le has mostrado a Dios que no vas a negarle nada, ni siquiera a tu hijo».

En ese mismo momento, se escuchó un ruido entre los arbustos que estaban cerca. Abraham miró y vio un carnero con sus cuernos atrapados en el arbusto. Abraham dio gracias a Dios por proveer el sacrificio, y llamó a aquel lugar «El Señor proveerá».

Dios proveyó y sigue proveyendo. Una y otra vez, a través de la tierra que Él le prometió a Abraham y a sus descendientes,

Dios proveyó rescate y seguridad, comida y agua, y un plan para que su pueblo viviera en su presencia. Entonces, cuando el pueblo de Dios había desechado todo lo que Él les había dado, Dios proveería aún otro sacrificio. Él haría lo que le había pedido hacer a Abraham: entregar a su Hijo. El Hijo de Dios salvaría al mundo de su pecado.

El Señor le dijo a Abram: «Deja tu tierra, tus parientes y la casa de tu padre, y vete a la tierra que te mostraré. Haré de ti una nación grande, y te bendeciré; haré famoso tu nombre, y serás una bendición».

Génesis 12.1, 2

REBECA CONFÍA EN EL PLAN DE DIOS

Génesis 24—25

Cuando Isaac se convirtió en un joven, Sara ya había muerto y Abraham era un hombre muy anciano. Abraham quería ver a su hijo felizmente casado, así que llamó al criado encargado, el gerente de toda su hacienda. «Júrame», le dijo Abraham, «por el Dios del cielo y de la tierra, que encontrarás una esposa para Isaac en mi tierra natal, no aquí en Canaán».

El hombre contestó: «Está bien, pero ¿y si no quiere dejar su casa? ¿Debería llevarme a tu hijo a vivir allí con ella?».

«No, deben volver para vivir aquí», contestó Abraham. «Dios nos ha dado esta tierra a nosotros, a mis descendientes, empezando por Isaac. Si ella no quiere venir aquí a vivir, entonces quedas libre de tu promesa».

Así que el criado se lo prometió. Juntó algunos camellos y otros regalos de la casa de su señor y fue a buscar una esposa para Isaac. Después de muchos días de viajar a través del desierto y las llanuras, llegó a las afueras de la ciudad de Najor. Una vez allí, llevó a los camellos a descansar cerca de un pozo. Él oró diciendo: «Oh Dios, ayúdame a poder completar con éxito esta misión de mi señor. Ayúdame a encontrar una esposa para su hijo Isaac para que Abraham pueda estar en paz, sabiendo que su hijo tendrá una esposa tal y como él espera». El criado miró a la gente a su alrededor, y continuó orando: «¿Ves este manantial y la gente que viene a él? Le diré a una mujer: "¿Por favor, puedo beber de tu cántaro?". Cuando lo haga, por favor que la mujer correcta me responda: "Sí, y también les daré agua a tus camellos". Entonces sabré que ella es la que tú has escogido para Isaac». Antes de que el criado pudiera terminar su oración, una preciosa joven que se llamaba Rebeca se acercó con un cántaro al hombro.

A medida que Rebeca se acercaba más al pozo, el siervo inspiró profundamente y le preguntó: «Por favor, ¿me puedes dar un poco de agua de tu cántaro?».

«Beba, mi señor», dijo ella, bajando rápidamente su cántaro para darle de beber. «También les daré de beber a sus camellos hasta que se hayan saciado». Volcó el resto del contenido del cántaro en el bebedero de los animales y fue de nuevo al pozo a sacar más.

El siervo observó cómo Rebeca cuidaba de los camellos, maravillado de la respuesta de Dios a sus oraciones. ¿Es ella? ¿Podría ella ser la mujer que Dios había escogido para que se casara con Isaac?

Cuando ella terminó, el siervo dijo: «Por favor, toma esto», y le dio a la joven algunos de los regalos que llevaba con él: un precioso anillo de oro y dos brazaletes. «¿Habría lugar para que nos quedáramos en la casa de tu padre esta noche?», preguntó.

«Sí, ¡tenemos sitio de sobra!», respondió Rebeca, y corrió a su casa para contarle a su familia acerca del invitado que llegaba.

Rebeca le habló a su hermano Labán acerca del hombre y le enseñó las preciosas joyas que le había dado. Labán corrió a su encuentro, diciendo: «¡Vamos! Hemos preparado un lugar para ti y para tus camellos». Labán ayudó al hombre a descargar las cosas de los camellos, y después les dio comida y agua.

La familia de Rebeca también preparó la cena para el hombre. Cuando le pusieron la comida delante, sin embargo, dijo: «No puedo comer nada hasta que les cuente por qué he venido».

«Cuéntanos», respondió Labán.

El hombre continuó: «Yo soy el siervo de Abraham, y Dios lo ha bendecido en gran manera. Tiene ganado y ovejas, oro y plata, siervos y siervas, camellos y burros. Y le ha dejado todo esto en

herencia a su hijo Isaac. Mi señor me hizo prometerle que no le encontraría a Isaac una esposa de Canaán, sino de aquí, de su tierra natal, de entre su pueblo».

Entonces el hombre le contó a la familia de Rebeca cómo había orado para que Dios le mostrase a la mujer correcta, y cómo Rebeca había aparecido, diciendo las mismas palabras que él había susurrado a Dios.

«Así que debo saber ahora mismo si esto sería posible, si Rebeca volverá conmigo para ser la esposa del hijo de mi señor».

El padre y el hermano de Rebeca se miraron, asintiendo. Dijeron: «Si así es como Dios lo quiere, ¿cómo podríamos estar en contra?».

El siervo dio una palmada y se inclinó hacia el suelo, dando gracias a Dios. Corrió hacia sus bolsas y sacó regalos para todos, llenándolos de las bendiciones que Dios le había dado a Abraham.

A la mañana siguiente, el hombre le dijo a la familia de Rebeca: «Por favor, déjennos regresar ahora, para que pueda darle la buena noticia a mi señor».

La madre y el hermano de Rebeca querían que se quedara unos días más, sin embargo, así que llamaron a Rebeca. «Rebeca, ¿qué quieres hacer? ¿Quieres irte ya con este hombre?».

Rebeca miró a su familia, y después miró al desconocido. Claro que quería quedarse en casa, cerca de su familia y sus recuerdos de toda la vida, pero también confiaba en los planes de Dios para su vida. «Me iré con él», dijo.

La madre, el padre y el hermano de Rebeca la bendijeron, besaron, y la enviaron para que se convirtiera en la esposa de Isaac, sin saber lo que guardaba el futuro, pero sabiendo quién sostenía el futuro.

Una tarde, varios días después, Isaac estaba fuera en el campo. Cuando miró, vio algunos camellos que se acercaban. A medida que Rebeca se acercaba, miró al campo y vio a Isaac.

«¿Quién es ese hombre?», le preguntó Rebeca al siervo.

«Ese es Isaac, el hijo de mi señor», respondió él.

Isaac y Rebeca pronto se casaron, e Isaac amaba a Rebeca.

La promesa de Dios para Abraham, para sus descendientes de las generaciones venideras, acababa de empezar.

—¡De ninguna manera debes llevar a mi hijo hasta allá! —le replicó Abraham—. El Señor, el Dios del cielo, que me sacó de la casa de mi padre y de la tierra de mis familiares, y que bajo juramento me prometió dar esta tierra a mis descendientes, enviará su ángel delante de ti para que puedas traer de allá una mujer para mi hijo.

Génesis 24.6, 7

DIOS BENDICE A JACOB, EL ENGAÑADOR

Génesis 25—27

Mientras Rebeca e Isaac se preparaban para el nacimiento de su primer bebé, ella notaba que algo peleaba dentro de su vientre. Ella le preguntó a Dios: «¿Por qué sucede esto?».

El Señor le respondió: «Llevas en tu vientre dos naciones, y una de ellas es más fuerte que la otra. El mayor servirá al menor».

Cuando era tiempo de que nacieran los bebés, Rebeca, efectivamente, dio a luz a gemelos. El primer bebé estaba cubierto de cabello grueso y rojizo. Isaac y Rebeca lo llamaron Esaú, que significa «velludo». El segundo hijo nació agarrando el tobillo de su hermano. Lo llamaron Jacob, que significa «el que se agarra al tobillo».

A medida que los muchachos crecieron, Esaú pasaba la mayor parte de su tiempo en el campo cazando, pero Jacob era más callado y se quedaba por la casa. Un día, Esaú volvía a casa después de un largo día de caza. Estaba cansado, sucio, y se moría de hambre. A medida que se acercaba a casa, un olor irresistible le hizo apresurarse. Cuando llegó, vio a su hermano Jacob, de pie al lado de una olla en la que había hecho un guiso.

«¡Dame un poco de eso!», exigió Esaú. «¡Me muero de hambre!».

«Está bien», respondió Jacob, levantando una ceja. «Pero solo si tú me das tu primogenitura».

Era una petición desorbitada para un plato de guiso. Según la tradición, Esaú heredaría todas las posesiones de su padre, simplemente por ser el primogénito. Jacob, que había nacido unos minutos después de Esaú, no tenía el mismo derecho; a menos, desde luego, que pudiera convencer a su hermano de que se lo diera.

«¡Estoy a punto de morir de todas formas!», dijo Esaú, casi desmayándose. «Así que ¿de qué me servirá la herencia?».

«¿Lo prometes?», preguntó Jacob.

«¡Sí!», contestó Esaú. «¡Solo dame el guiso ya!».

Jacob sonrió mientras servía las lentejas en un plato para su hermano. Esaú se comió todo de un tirón y se fue. Por un pequeño plato de lentejas, para aliviar un hambre temporal, había renunciado descuidadamente a su derecho al legado de su padre, su derecho por ser el primogénito.

A pesar de esta negligencia, la vida siguió. Esaú se casó, y su padre fue envejeciendo, y finalmente perdió la vista a causa de la edad. Un día, Isaac llamó a Esaú.

«No sé cuánto tiempo más estaré con ustedes», dijo Isaac, sosteniendo el brazo velludo de su hijo. «Ve a cazar, y trae mi comida favorita. Después, te bendeciré antes de morir».

Rebeca había estado escuchando y llamó a Jacob, diciéndole lo que su padre había dicho. «Ahora», dijo, «trae las mejores cabras jóvenes que encuentres en nuestro rebaño, y haré la comida favorita de tu padre. Después puedes llevársela, y te bendecirá».

«Pero ¿no se dará cuenta de que no soy Esaú?», preguntó Jacob. «Con tocar mi piel una sola vez ya lo sabrá. ¡Y entonces me maldecirá en lugar de bendecirme!».

«Deja que yo me ocupe de eso», le aseguró su madre.

Jacob obedeció y le llevó las mejores cabras. Mientras la comida se hacía, Rebeca tomó la mejor ropa de Esaú y se la dio a Jacob. También tomó la piel de las cabras y las puso sobre las manos y el cuello de Jacob. Entonces sonrió y le dio a Jacob la comida favorita de su padre.

«Ejem, ¿padre?», dijo Jacob, acercándose cuidadosamente a Isaac.

«Sí, hijo, ¿quién eres?», preguntó Isaac.

«Esaú, tu primogénito», respondió Jacob. «Incorpórate y come de esta deliciosa comida. Después puedes bendecirme, como dijiste».

«Pero, hijo», preguntó extrañado Isaac, «¿cómo has conseguido esta presa tan rápido?».

«El Señor me ayudó», respondió Jacob.

Isaac tocó a su hijo con su mano, ya débil, y murmuró: «La voz es de Jacob, pero las manos son de Esaú». Isaac se giró hacia su hijo. «¿Eres realmente Esaú?».

Jacob tragó saliva. «Lo soy», respondió.

«Bueno», respondió Isaac, «dame un poco de esa comida tan deliciosa y te bendeciré». Jacob suspiró aliviado y le ofreció rápidamente la comida a su padre.

Isaac respiró profundamente el olor de la ropa de Esaú. «Mmm, este es el olor de un campo que ha sido bendecido por el Señor. Que Dios te bendiga, hijo, con abundancia de la tierra y del rocío de la mañana. Que naciones te sirvan y se postren ante ti. Dirige a tu hermano, que también se postrará ante ti. Cualquiera que te maldiga será maldito. Y cualquiera que te bendiga será bendito, hijo mío».

Poco tiempo después, Esaú volvió a casa y preparó la presa que había llevado para su padre. «Padre, incorpórate y come», dijo Esaú. «Después puedes bendecirme».

«¡Espera!», exclamó Isaac, incorporándose. «¿Quién eres?».

«Padre, soy yo, Esaú», respondió Esaú.

Isaac comenzó a temblar al darse cuenta de lo que había sucedido. «¿Quién estuvo aquí antes que tú, entonces?», preguntó. «¡Porque será esa persona la que será bendecida!».

«¡Jacooooooob!», gritó Esaú antes de comenzar a llorar. «¡No, padre, no! Puedes bendecirme a mí también, ¿no? ¡Bendíceme a mí también, padre!».

«Lo siento», respondió Isaac. «Le he convertido en tu amo, le he entregado todos sus parientes como siervos, y he pedido que él tenga abundancia de comida. ¿Qué más tengo para dar?».

«¡No lo sé, padre!», lloró Esaú al lado de su padre. «¡Pero bendíceme! Por favor, ¡simplemente bendíceme!».

«Está bien», respondió Isaac, buscando las palabras. «Vivirás lejos de la abundancia que los campos ofrecen, y lejos del dulce rocío de la mañana. Dependerás de tu espada. Servirás a tu hermano menor, pero llegará un momento en el que te volverás contra él y ya no estarás bajo su control».

Esaú agachó la cabeza y salió de la habitación. «No importa lo que ha hecho Jacob. No importa lo que mi padre ha dicho», murmuró Esaú. «Cuando él ya no esté, mataré a Jacob y tomaré todo lo que le ha sido dado».

Cuando Rebeca escuchó acerca del plan de Esaú, llamó inmediatamente a Jacob. «Escúchame, hijo», dijo. «Esaú planea matarte, así que huye a la casa de tu tío Labán hasta que tu hermano se tranquilice. Cuando lo haga, mandaré a buscarte. No puedo perderlos a los dos en el mismo día».

Así que Jacob huyó. Después de un viaje de varios días, se detuvo para pasar la noche. Tuvo un sueño muy vívido en el que vio una escalera que subía hasta el cielo, y ángeles que subían y bajaban por ella. Dios le habló, diciendo: «Soy el Dios de Abraham e Isaac. Te daré la tierra sobre la cual duermes. Tu descendencia será como el polvo de la tierra. Te protegeré siempre, vayas donde vayas».

Jacob se despertó y se frotó los ojos, atónito. «¡Dios está aquí!», dijo. «¡Esta es la puerta misma del cielo!». Jacob puso una piedra en aquel lugar como recordatorio, la ungió con aceite, y la llamó Betel.

Al proseguir su viaje, Jacob no sabía que pasarían décadas hasta que volviera por ese mismo camino. Cuando regresara, estaría rodeado de familia y ganado: cabras, vacas y burros; tantos que serían demasiados para contarlos. Por fin, él y su hermano se abrazarían en un acto de perdón y amor de hermanos.

Jacob no sabía estas cosas aún, pero sí sabía que, sin importar lo que ocurriera en el futuro, Dios le había hecho la promesa de

que estaría con él, protegiéndolo dondequiera que fuese. Para Jacob, la promesa de Dios era suficiente.

ele

Yo estoy contigo. Te protegeré por
dondequiera que vayas, y te traeré de vuelta
a esta tierra. No te abandonaré hasta
cumplir con todo lo que te he prometido.

Génesis 28.15

JOSÉ, EL SOÑADOR

Génesis 37, 39—49

Los años fueron pasando, y Jacob se casó y tuvo doce hijos. El penúltimo de sus hijos, el undécimo, se llamó José.

Todos los hermanos de José sabían que él era el hijo favorito de Jacob.

Por eso, a los hermanos de José no les gustaba, ni lo más mínimo. José iba y le contaba a su padre todas las cosas malas que hacían sus hermanos mientras cuidaban de los rebaños. Para empeorar aún más las cosas, su padre le hizo una bonita y colorida túnica, solo a su hijo favorito. Tampoco ayudó el hecho de que José tuviera sueños en los que sus hermanos mayores se postraban ante él, y que decidiera contarles dichos sueños a sus hermanos.

«¡Escuchen este sueño que tuve!», anunció José a sus hermanos.

Nadie respondió. Algunos de ellos intercambiaron miradas. Otros levantaron las cejas, pero ninguno quiso escuchar el último sueño de su hermano adolescente.

«Estábamos todos recogiendo grano», contaba José con entusiasmo, «cuando de repente, mi gavilla de trigo se enderezó, y sus gavillas se postraban ante la mía». José sacudió su cabeza. «¿Verdad que es un gran sueño?».

A uno de sus hermanos le fue imposible permanecer más tiempo callado. «¿Realmente crees que va a suceder eso?», preguntó. «¿Qué te hace pensar que puedes gobernar sobre nosotros?».

Aunque sus hermanos se enojaron mucho, José sabía que sus sueños eran importantes; los estaba teniendo por alguna razón. Por eso, aunque era algo que enfurecía a sus hermanos, José seguía compartiendo sus sueños con su familia.

«Oigan, ¿saben lo que me pasó? ¡Tuve otro sueño!», anunció José pocos días después. «Esta vez, ¿están escuchando?, ¡esta vez el sol y la luna y once estrellas se postraban todos ante mí!».

Incluso el padre de José estaba un poquito molesto con este último sueño. «¿Qué quieres decir?», preguntó Jacob. «¿Crees que tu madre y yo también nos postraremos ante ti, junto con tus once hermanos?». A diferencia de los hermanos, Jacob se preguntaba qué intentaba decirle Dios a José mediante esos sueños.

Un día, como había hecho muchas otras veces en el pasado, el padre de José lo envió a ver cómo estaban sus hermanos que estaban en el campo cuidando de los rebaños. José era obediente, así que fue a su encuentro.

Cuando los hermanos de José vieron que se dirigía hacia ellos, tramaron un plan para deshacerse de su molesto hermano pequeño y acabar con sus sueños de una vez por todas.

En cuanto llegó José, lo agarraron y lo despojaron de la hermosa túnica que su padre le había hecho. Lo arrojaron a un pozo cercano. No había agua en él, pero José no podía salir de allí; estaba atrapado.

Mientras los hermanos estaban comiendo cerca, pasó por allí una caravana de mercaderes. «¿Hacia dónde se dirigen con toda esa mercancía?», les preguntó uno de los hermanos.

«A Egipto», respondieron.

Los hermanos se juntaron durante unos momentos, y después llamaron a los mercaderes. «Oigan, ¡tenemos una buena oferta para ustedes! ¿Qué les parecería comprarnos este esclavo por tan solo veinte monedas de plata?».

Por ese precio tan bajo, los hermanos vendieron a su hermano pequeño José como esclavo. Se quedaron mirando mientras la caravana seguía su paso, llevándose consigo a Egipto al hijo favorito de su padre.

Rubén, el hermano mayor, se había retirado de sus hermanos durante un rato, pero ya había decidido dejar salir a José tan pronto como regresara al pozo. Por muy molesto que pudiera ser José, su padre quedaría desolado si le ocurriera algo. Cuando regresó Rubén, descubrió que José ya no estaba, que lo habían vendido a los mercaderes itinerantes. Rubén se rasgó las vestiduras por desesperación. «¿Qué haremos ahora?», se lamentaba. «¿Qué le diremos a nuestro padre?».

Los hermanos tramaron un plan. Empaparon la túnica de José con sangre de una cabra y se la presentaron a su padre.

«Mira lo que encontramos», dijeron. Uno de los hermanos le dio la túnica a su padre, diciendo: «¿No es esta la túnica de José?».

El rostro de Jacob comenzó a ponerse pálido. «¡Así es!», lloraba. «¿Y esto es sangre? ¡Algún animal salvaje lo ha devorado!». Jacob hizo luto por su hijo durante muchos días. Su familia intentaba consolarlo, pero dijo: «Lloraré hasta que me vuelva a reunir con él en la tumba».

Mientras tanto en Egipto, Potifar, capitán de la guardia del faraón, acababa de comprar un nuevo esclavo. Este joven demostró ser digno de cada una de las monedas de plata que Potifar había pagado. Incluso como esclavo, Dios le dio a José un gran éxito.

Poco después, José estaba a cargo de toda la casa de Potifar, a cargo de todas las posesiones de Potifar. Todo el tiempo que José estuvo a cargo, la casa de Potifar fue bendecida.

Tras un tiempo, la esposa de Potifar causó problemas a José. Mintió diciéndole a su esposo que José había intentado atacarla, así que Potifar puso en prisión a José sin tan siquiera preguntarle qué había ocurrido.

Incluso en la cárcel, Dios cuidó de José y le dio éxito. Así como sucedió en la casa de Potifar, José recibió cada vez más responsabilidad en la cárcel. Al poco tiempo, ¡José estaba a cargo de todos los prisioneros!

Una mañana, José observó que dos de los prisioneros parecían estar muy tristes. Uno de los hombres había estado a cargo de llevar la copa al faraón, y el otro había sido el panadero del faraón. Cuando José les preguntó qué había ocurrido, supo que ambos habían tenido unos sueños extraños, horribles, pero nadie podía interpretarlos.

«Dios puede», respondió José. «Preguntémosle».

José escuchó sus sueños, y con la ayuda de Dios, pudo interpretar los sueños para los hombres. El sueño del copero significaba que volvería a servir de nuevo al faraón. José le rogó, diciendo: «Cuando vuelvas con el faraón, por favor, háblale de mí para que pueda salir de esta cárcel».

Pasaron dos largos años antes de que el copero se acordara de José. Cuando el faraón tuvo un sueño que nadie podía explicarle, el copero le habló de la capacidad de José para interpretar sueños.

Faraón envió a buscar a José. Lo sacaron de la prisión, le afeitaron, le dieron ropa nueva y le llevaron delante del faraón.

«He sabido que puedes interpretar sueños», dijo el faraón al prisionero que tenía delante de él.

«Yo no puedo», dijo José. «Pero Dios sí».

Faraón, intrigado con la afirmación de este prisionero, comenzó a contarle sus sueños. «Yo estaba de pie junto al río Nilo, cuando vi siete vacas gordas que venían y comenzaban a pastar», dijo. «Tras ellas, siete vacas flacas y feas se acercaron y se comieron a las siete vacas gordas. Sin embargo, las vacas flacas seguían estando igual de flacas, incluso después de haberse comido a las vacas gordas. Entonces me desperté».

José asentía mientras el faraón continuaba. «Después tuve otro sueño sobre siete espigas grandes. Entonces, siete espigas pequeñas se comieron a las siete espigas grandes. Nadie puede explicarme lo que significan estos sueños».

«Sus dos sueños significan lo mismo», respondió José. «Dios está diciendo que habrá siete años de abundancia seguidos de siete años de escasez. Los años de escasez serán tan malos que los siete años de abundancia se olvidarán por completo. Como Dios le ha dicho esto en dos sueños distintos, significa que estas cosas sucederán pronto».

Faraón se inclinó y escuchó. ¿Quién era este prisionero desconocido con tanta sabiduría?

«Tendrá usted que encontrar a un hombre sabio que administre los siete años de abundancia, almacenando la comida para los siete años de escasez», le aconsejó José.

Faraón miró alrededor de su corte. Sus oficiales asintieron consintiendo con el plan de José. Entonces el faraón se giró hacia José y le preguntó: «¿Y qué tal si lo haces tú?».

«¿Yo?», preguntó José.

«Sí», dijo el faraón. «Como Dios te ha revelado todo esto a ti, ¿hay alguien mejor para supervisar este plan? Tú estarás a cargo de todo el palacio, y la gente hará lo que tú les digas que hagan. Solo yo estaré por encima de ti».

José hizo como le dijeron, y con la sabiduría y guía de Dios, siguió viendo el éxito. Almacenó grano en cada una de las ciudades de Egipto durante los siete años de abundancia. Finalmente, hubo tanto grano que José dejó de contarlo, ¡era demasiado para contarlo!

Cuando se terminaron los años de abundancia, llegó la hambruna. Como los egipcios estaban preparados, no había necesidad de temer. «Tan solo hagan lo que José les diga», le dijo el faraón a su pueblo.

Poco después, personas de toda la región viajaban a Egipto para comprar grano.

En Canaán, Jacob les dijo a sus hijos: «No se queden aquí viendo cómo nos morimos de hambre. Vayan a Egipto a comprar grano para que podamos vivir».

En cuanto sus hermanos llegaron a Egipto, José los reconoció. Sin saber quién era él, ellos se postraron ante él, el hombre que estaba a cargo de todo el alimento de Egipto.

«¿Quiénes son ustedes?», preguntó José, fingiendo no conocerlos. «¿Por qué han venido aquí?».

«Somos de Canaán. Solo necesitamos comprar algo de alimento para nuestra familia», dijeron los hermanos.

«¡Ustedes son espías!», gritó José.

«¡No! ¡De verdad! Somos hermanos», insistían los hermanos de José. «Éramos doce, pero el menor está con nuestro padre en casa, y uno murió».

«¡Demuéstrenlo!», exigió José. «¡Traigan a su hermano menor aquí! Hasta que regresen, dejaré a uno de sus hermanos aquí en prisión».

Un hermano susurró a los demás: «¡Vean! Esto es un castigo por lo que le hicimos a José. Él nos suplicó y no le escuchamos, y ahora nos está sucediendo lo mismo a nosotros».

José oyó sus susurros y entendió cada palabra que dijeron. Se conmovió tanto que se giró para esconder su rostro porque estaba llorando. Se compuso, se dirigió a sus hombres y les dio órdenes de llenar las bolsas de grano de los hermanos y de devolverles el dinero con el que habían comprado el grano. También ordenó que se les diera a los hermanos todo lo que necesitaran para el camino de regreso a casa.

Cuando los hermanos se detuvieron para descansar, uno de ellos abrió su saco y se quedó asombrado por lo que vio. «¡Oh, no!», dijo. «¡Miren! Mi dinero está todavía aquí en mi saco».

«Oh, no cabe duda de que Dios nos está castigando», respondió uno de los hermanos. «¡Pensarán que robamos todo este alimento!».

Sin saber qué hacer, los hermanos regresaron a casa y le contaron a su padre todo lo que había sucedido en Egipto.

Jacob sacudió su cabeza tristemente mientras escuchaba la historia. Respondió: «José murió. Acaban de dejar a Simeón en la cárcel en Egipto, ¿y ahora quieren llevarse a Benjamín? Por supuesto que no».

Finalmente, la familia se quedó sin alimentos de nuevo, así que no les quedaba otra opción que regresar a Egipto con su hermano menor, Benjamín. Cargaron los mejores regalos de su tierra y duplicaron la cantidad de plata que habían llevado antes, con la esperanza de hacer las paces con este firme líder de Egipto. Postrándose ante él de nuevo, le presentaron sus obsequios.

El gobernador simplemente preguntó: «¿Cómo está su anciano padre del que me hablaron? ¿Sigue aún con vida?».

«Sí, está bien», respondieron.

«¿Y este es su hermano menor?», preguntó.

Ver a Benjamín fue demasiado fuerte para José. Salió apresuradamente de la sala y lloró incontrolablemente. Tras un rato, José se compuso y regresó para cenar con sus hermanos.

Aún sin saber la verdadera identidad de este líder egipcio, los hermanos de nuevo tomaron su grano y emprendieron el viaje de regreso a casa. No se dieron cuenta de que José le había dicho a su guardia que escondiera una copa en la bolsa de Benjamín.

«¡Alto!», gritó una voz.

Los hermanos se dieron la vuelta y vieron a la guardia real. «Nuestro amo fue bueno con ustedes ¡y se lo devuelven con un mal!», dijeron los guardias.

Los hermanos se miraban el uno al otro. «¿Por qué dicen eso?», preguntaron. «¡No hemos hecho nada malo!».

Los guardias comenzaron a buscar entre sus cosas y encontraron la copa de plata de José en la bolsa de Benjamín. «El dueño de esta bolsa será ahora nuestro esclavo», dijeron los guardias. «Los demás pueden irse».

Los hermanos sabían que no podían regresar a casa sin Benjamín. Rasgaron sus vestiduras de dolor y regresaron de nuevo con José. «Por favor», le rogaban, «nuestro padre es anciano

y este es su hijo menor. Si le perdiera se moriría. Por favor, no nos envíen de regreso sin él».

«¡Déjennos!», ordenó José a sus guardias y sirvientes. «¡Salgan todos de aquí!». Comenzó a llorar tan fuerte que todos en la casa podían oírlo. Una vez a solas con sus hermanos, les dijo: «¡Soy José!».

Los hermanos se quedaron helados, aterrados.

«Soy su hermano», continuó José, «¡el que vendieron como esclavo! Pero no tengan miedo, Dios me envió aquí. El mal que ustedes pretendieron hacerme, Dios lo usó para bien».

José corrió hacia Benjamín y le abrió sus brazos. Él lloraba, y abrazaba, y besaba a todos sus hermanos, perdonándolos por el daño que le habían causado hacía tanto tiempo atrás.

«Ahora, vayan, traigan a sus esposas, a sus hijos y a nuestro padre, y vengan a vivir a Egipto conmigo», dijo José, sonriendo a sus hermanos. «Lo mejor que les pueda ofrecer Egipto será suyo».

Esta vez, después de todos esos años, escucharon a su hermano pequeño José, el soñador.

Cuando su padre Jacob veía que su vida llegaba a su fin, también vio la restauración del plan perfecto de Dios. Dios no solo le había devuelto a su hijo favorito, José, sino que Dios también le había dado el regalo de ver a los hijos de sus hijos. Jacob los bendijo a todos y murió conociendo el pleno legado que había dejado, el legado que Dios le había prometido hacía tantos años atrás.

**«Es verdad que ustedes pensaron hacerme
mal, pero Dios transformó ese mal en
bien para lograr lo que hoy estamos
viendo: salvar la vida de mucha gente».**

Génesis 50.20

EL BEBÉ
EN LA CESTA

Éxodo 1—2

Habían pasado cientos de años desde que José recibió a su familia en Egipto. La familia israelita, los descendientes de Jacob que también eran conocidos como hebreos, habían crecido esparciéndose por toda la tierra. En este tiempo, había un faraón que ya no conocía al honorable José y a sus hermanos. De hecho, este faraón tenía miedo de que todos esos israelitas pudieran volverse contra los egipcios y derrotarlos.

El temor del faraón lo llevó a esclavizar a los israelitas en un intento de impedir que prosperaran. Los obligaba a trabajar en los campos y las ciudades. Les hacía trabajar desde el alba, durante todo el caluroso día egipcio, hasta bien entrada la noche. Sin embargo, por más que se esforzaba, parecía que el faraón no era capaz de impedir que los israelitas aumentaran en número y fuerza. De hecho, parecía que mientras más intentaba aplastarlos, más crecían los israelitas.

Se estaba quedando sin opciones, así que el faraón dio una orden aterradora a las matronas, las mujeres que ayudaban a las mamás hebreas cuando nacían sus hijos e hijas. Les dijo: «Cuando nazca un bebé hebreo, si es niño, mátenlo». Sin embargo, las matronas temían a Dios más de lo que temían al rey de Egipto, y dejaban con vida a todos los bebés varones que nacían. Entonces el faraón ordenó a todo su pueblo: «Cuando nazca un niño hebreo, ¡deben arrojarlo al río Nilo!».

Un día, una mujer hebrea, casada con un hombre de la tribu de Leví, uno de los hijos de Jacob, dio a luz a un varón. Ella miraba los deditos de sus manos perfectamente formados, los diminutos deditos de sus pies, sus redonditas y rojizas mejillas, y supo que tenía que hacer lo que fuera necesario para mantener con vida a ese bebé.

Pasaron los meses, y ese niño crecía. Sus lloros cada vez eran más fuertes, y por lo tanto, cada vez era más difícil mantenerlo escondido. Su mamá sabía que ya no podía mantenerlo escondido y a salvo por más tiempo. Las lágrimas le caían por el rostro mientras untaba brea con esmero en una pequeña cesta, una cesta que era justo de su tamaño.

La hermana mayor del bebé, Miriam, seguía a su madre mientras lo llevaban envuelto cómodamente en la cesta por la orilla del Nilo. La mamá puso la cesta entre los juncos, junto a la orilla.

Un poco más abajo en el río, algunas sirvientas andaban por la ribera del río mientras la hija del faraón se metía en el agua para bañarse. Mientras se bañaba, vio una cesta flotando. «Tráiganla», les dijo a sus sirvientas.

Cuando la princesa abrió la cesta, había un niño precioso de mejillas rojizas, llorando. «Oh, miren», murmuró de admiración. «Debe ser un bebé hebreo». Ella lo sacó de la cesta y lo acurrucó.

En ese momento, una niña pequeña se acercó a ella. «Perdón», dijo, «¡pero yo conozco a una mujer hebrea que podría alimentarlo para usted! ¿Quiere que vaya a buscarla?».

La princesa sonrió. «Sí, por favor, hazlo».

Miriam corrió hasta su mamá y le llevó consigo hasta la princesa. La princesa le dijo a la mamá de Miriam: «Por favor, tome este niño y aliméntelo por mí. Le pagaré por cuidar de él».

¡Era más de lo que la mamá se podía haber imaginado! Dios no solo había salvado a su hijo, sino que le había permitido tener al bebé un poco más de tiempo antes de que se mudara al palacio para vivir como parte de la realeza.

Cuando el niño dejó de ser bebé, la mamá sabía que era el momento. Hizo el largo viaje de nuevo hasta el palacio para dejar a su amado hijo con la princesa. La princesa le puso por nombre Moisés, porque lo había sacado del agua.

Aunque debió ser muy difícil dejar allí a Moisés, su mamá puso su fe en un Dios poderoso, un Dios que cuidaba de su pueblo. Un día, no mucho tiempo después de aquello, Dios llamaría a Moisés a guiar a los israelitas, el pueblo de Dios, hasta una tierra prometida, una tierra de libertad, una tierra donde podrían seguir sirviendo y adorando al Dios que les haría libres.

elle

Y la hija del faraón le dijo: —Llévate a este
niño y críamelo. Yo te pagaré por hacerlo.
Fue así como la madre del niño se lo llevó
y lo crió. Ya crecido el niño, se lo llevó a
la hija del faraón, y ella lo adoptó como
hijo suyo; además, le puso por nombre
Moisés, pues dijo: «¡Yo lo saqué del río!».

Éxodo 2.9, 10

SACADOS DE LA ESCLAVITUD

Éxodo 2—15

Un día, cuando Moisés era joven, se aventuró a salir del palacio para ir a ver el lugar donde estaba su propio pueblo, los israelitas. Al llegar allí se encontró con un soldado egipcio que estaba golpeando a un esclavo hebreo. Cuando Moisés pensó que nadie lo estaba viendo, atacó al egipcio y lo mató. Moisés enterró al egipcio en la arena, esperando que nadie se diera cuenta.

Al día siguiente, sin embargo, Moisés intentó deshacer una pelea entre dos hebreos. «¿Por qué se pelean?», gritó. «¡Son del mismo pueblo!».

«¿Quién te ha puesto por juez entre nosotros?», gritó uno de ellos. «¿Acaso me vas a matar como mataste a ese egipcio?».

Oh, no, pensó Moisés, *saben lo que hice*.

Cuando el faraón escuchó lo que Moisés había hecho, quiso que lo mataran.

Moisés no sabía qué hacer, así que corrió. Corrió y corrió hasta que estaba a cientos de kilómetros de Egipto, del faraón, del palacio y del único hogar que había conocido.

Finalmente, formó un nuevo hogar en un lugar llamado Madián. Conoció a una mujer llamada Séfora, y se casaron y tuvieron dos hijos.

En ese entonces, de nuevo en Egipto, el faraón había muerto pero no había cambiado nada para el pueblo de Dios. Clamaban a Dios, suplicándole que los salvara de su horrible vida de esclavitud. Cuando Moisés se estaba acomodando a su nuevo estilo de vida, Dios necesitaba a alguien que sacara a su pueblo de la esclavitud en Egipto.

En un día común y corriente, cuando Moisés estaba con sus rebaños, vio algo extraño al lado del monte Horeb, el monte de Dios. Primero notó un titileo, y después vio que una zarza estaba ardiendo. Tras un rato, observó que el fuego no estaba consumiendo la zarza.

Se acercó un poco más, y entonces oyó a alguien que llamaba su nombre. No era una persona cualquiera, ¡sino Dios!

«Aquí estoy», respondió Moisés.

«Detente, y quítate tus sandalias. El lugar donde estás de pie es tierra santa», le dijo Dios. «Yo soy el Dios de tu padre, el Dios de Abraham, de Isaac y de Jacob».

Moisés se postró de inmediato y escondió su rostro.

La voz de Dios continuó: «Mi pueblo está sufriendo, y yo he venido a rescatarlos. Los sacaré de la tierra de Egipto y los llevaré a la tierra de Canaán, una tierra con mucho espacio y abundancia de comida. Te enviaré a ti para ayudarlos».

«¿A mí?», respondió Moisés, confundido. «¿Cómo puedo ayudarlos? ¿Quién soy yo para hablar a Faraón y sacar a los israelitas de Egipto?».

«Yo estaré contigo», fue la sencilla respuesta de Dios. «Como prueba de que te he enviado, cuando saques al pueblo de Egipto me adorarás, con tu pueblo, en este mismo monte».

Moisés pensó por un momento, para asimilarlo todo. «De acuerdo, digamos que voy y les digo: "El Dios de sus padres me ha enviado". Cuando me pregunten por tu nombre, ¿qué les diré?».

«YO SOY. Diles: "YO SOY me ha enviado a ustedes"», respondió Dios. «Los líderes de los israelitas te escucharán, pero el rey de Egipto no. Cuando yo haga milagros allí, él dejará ir a mi pueblo. Saldrás con los israelitas, y los egipcios incluso les darán ropa y oro y plata cuando se vayan».

«Pero ¿y si los israelitas no me creen?», preguntó Moisés, aún inseguro.

«Tira tu vara al suelo», le dijo Dios.

Moisés hizo como Dios le había dicho, y su vara se convirtió en una serpiente. Moisés huía de ella, pero Dios dijo: «Ahora tómala con tu mano por la cola». Moisés lo hizo, y volvió a convertirse en una vara.

«Así es como sabrán que yo te he enviado», respondió Dios.

«Pero, Dios», comenzó a decir Moisés, «no se me da muy bien hablar».

«¿Quién creó la boca?», preguntó Dios. «¿Quién la hace hablar? ¿Quién creó los ojos y les dio la vista? ¿No fui yo? Ahora ve. Yo te daré las palabras que debes decir».

«Oh, Señor», insistió Moisés, «envía a otra persona».

Dios estaba enojado con Moisés, pero aun así quería usarlo a él para esta gran misión. Le dijo: «Tu hermano Aarón ya viene en camino para ayudarte».

Juntos, Moisés y Aarón hicieron el viaje a Egipto para decirles a los israelitas, y al faraón, que Dios quería liberar a su pueblo. Tal y como Dios había dicho, los israelitas escucharon el plan de Moisés, pero no así el faraón.

«¿El Señor?», el faraón se burló de Moisés. «¿Quién es él? Yo no conozco a tu Dios, y no dejaré que los israelitas vayan a ninguna parte». Solo para asegurarse de que los israelitas y Moisés no se atreverían a volver a hacer una petición semejante, el faraón ordenó a sus capataces que endurecieran el doble el trabajo de los israelitas.

Sin embargo, Moisés y Aarón no se desalentaron. Regresaron con el faraón y dijeron: «El Dios de los israelitas nos ha enviado, y dice: "Si no dejas ir a mi pueblo, ¡convertiré el río Nilo en sangre!"».

Faraón rehusó de igual forma, así que Dios convirtió el Nilo en sangre.

Moisés volvió a advertir al faraón. Y de nuevo, el faraón rehusó. Esta vez, millones de ranas subieron del río de tal forma que había ranas por todos lados. Había ranas en los fogones, ranas en los platos, ranas en las sandalias de la gente, y ranas en sus cabezas. Desde el palacio hasta los campos, desde los oficiales de más alto rango hasta los trabajadores de menor rango, nadie se escapaba de la plaga de ranas.

«¡Por favor! ¡Pídanle a su Dios que elimine todas estas ranas!», dijo finalmente el faraón.

«De acuerdo», respondió Moisés. «Ahora deja ir al pueblo de Dios».

Cuando se fueron las ranas, sin embargo, el faraón rehusó dejar ir a los israelitas, y el ciclo continuó. Dios cubrió la tierra de mosquitos, envió moscas, y aniquiló todo el ganado con enfermedades. Afligió a los egipcios con úlceras que se infectaban y envió granizo para devastar los árboles y las cosechas. Envió langostas para devorar todo lo que quedó, seguido de una oscuridad pesada y turbia. Todo Egipto quedó devastado, salvo, milagrosamente, la tierra de Gosén donde vivían los israelitas.

Tercamente, el faraón seguía sin querer dejar ir a los israelitas.

Dios le dijo a Moisés: «Enviaré una plaga más a los egipcios: daré muerte a todo hijo primogénito de Egipto. Esta vez, el faraón les rogará que se vayan y se lleven a mi pueblo con ustedes».

Dios le dijo a Moisés cómo proteger a los israelitas de esta plaga final, y ellos obedecieron. Pintarían los postes de sus puertas con la sangre del sacrificio de un cordero y esperarían a que Dios los liberase.

No tuvieron que esperar mucho. Después de la medianoche, los lamentos de los egipcios comenzaron a resonar en sus casas, desde los campos, desde las prisiones y desde el palacio mismo. Dios se había llevado al primogénito de cada familia, desde la mayor a la menor, incluso al primogénito del ganado y al propio hijo del faraón. No se salvó ni una sola familia, salvo las de los israelitas, el pueblo de Dios, que habían seguido sus instrucciones.

«Basta, basta! ¡Váyanse!», ordenó el faraón a Moisés y Aarón. «Déjennos tranquilos. ¡Tomen a los israelitas y sus ganados y váyanse!».

Mientras se iban, los israelitas pidieron suministros a los egipcios para su viaje. Tal como Dios había dicho, los egipcios respondieron dándoles ropa, plata y oro; todo lo que los israelitas pidieron, los egipcios se lo dieron.

Los israelitas, el pueblo de Dios, estaban de camino, ¡de camino a su libertad!

Dios los guiaba durante el día con una nube alta y de noche con una columna de fuego para que pudieran ver mientras viajaban, tanto de día como de noche. Al llegar al mar Rojo, sin embargo, oyeron un temblor a la distancia. Alzaron su vista y vieron una nube de polvo a medida que el faraón, con sus caballos, carros y hombres, les estaba persiguiendo.

Los israelitas quedaron aterrados, olvidándose de inmediato de la gran provisión de Dios. «¿Qué has hecho?», gritaron a

Moisés. «¿Acaso no había espacio suficiente para enterrarnos en Egipto? ¿Por eso nos sacaste al desierto para morir?».

Moisés respondió lo más calmadamente que pudo: «No teman. Dios peleará por nosotros».

Dios le dijo a Moisés: «¿Por qué estás ahí de pie rogándome? ¡Avanza! ¡Extiende tu vara hacia el mar!».

Cuando Moisés obedeció, un silencio se apoderó de los cientos de miles de israelitas. Ellos veían que un gran viento barría el mar Rojo y las aguas comenzaban a dividirse, a apilarse, dejando un camino seco para que el pueblo de Dios caminara por él a salvo. Cuando los soldados egipcios llegaron al borde del mar, también cruzaron por el medio del mar Rojo, acercándose a los israelitas con cada paso que daban.

Cuando el pie del último israelita llegó al otro lado, Dios dijo: «Ahora, Moisés, vuelve a extender tu mano». Moisés obedeció, y cuando lo hizo, las poderosas aguas del mar Rojo volvieron a su lugar de origen, arrastrando a los soldados que les perseguían.

Los israelitas estaban a salvo. El pueblo de Dios era libre.

Mientras sonaban los panderos celebrando la victoria y los israelitas unían sus voces con cantos, Dios miró y supo que muy pronto se olvidarían de su provisión y de los milagros que Él había usado para salvarlos de la esclavitud.

—No tengan miedo —les respondió
Moisés—. Mantengan sus posiciones, que
hoy mismo serán testigos de la salvación
que el Señor realizará en favor de ustedes. A
esos egipcios que hoy ven, ¡jamás volverán
a verlos! Ustedes quédense quietos, que
el Señor presentará batalla por ustedes.

Éxodo 14.13, 14

LOS DIEZ MANDAMIENTOS

Éxodo 19—20, 32—34

El viaje desde Egipto fue largo y complicado. Parecía que a cada lugar donde Moisés y los israelitas llegaban, se producía otro problema: falta de agua, falta de comida, después no tener la comida deseada y finalmente, demasiada comida. Pero dondequiera que iban, Dios también estaba ahí para proveer. Cuando se quejaron por estar sedientos, salió agua de una roca. Cuando se quejaron por estar hambrientos, cayó pan del cielo. Cuando se aburrieron de la comida celestial que caía sobre ellos, Dios envió una enorme bandada de codornices para que pudieran comer carne.

Aun así, por mucho que Dios les daba, seguían queriendo más. A pesar de las muchas veces que Él salió a su rescate, ellos siempre se olvidaban de su fiel amor por ellos.

Dos meses después de salir de Egipto, dos meses llenos de la innegable provisión de Dios, los israelitas se establecieron en el desierto a los pies del Monte Sinaí. Allí, Moisés le dio otro mensaje de Dios a su pueblo, diciendo: «Ustedes han visto las plagas de Egipto y cómo los saqué de allí para hacerles libres. Ahora, si me obedecen, serán mi pueblo, y yo seré su Dios».

«¡Haremos todo lo que Él diga!», respondió el pueblo al unísono.

Dios llamó a Moisés a la cima del monte y allí compartió con él los Diez Mandamientos para su pueblo:

1. Yo soy tu Dios. No tendrás otros dioses además de mí.
2. No tendrás ningún ídolo.
3. No usarás mi nombre en vano.
4. Guardarás el día de reposo para santificarlo.
5. Honrarás a tu padre y a tu madre.
6. No matarás.
7. No cometerás adulterio.
8. No robarás.
9. No mentirás sobre tu prójimo.
10. No codiciarás las cosas de tu prójimo.

Cuando Moisés recibió estas reglas, escritas en tablas de piedra, se quedó en el monte con Dios durante cuarenta días y cuarenta noches. Pasados unos días, el pueblo comenzó a preguntarse si él volvería.

Dejando de considerar a Moisés, el pueblo le dijo a Aarón: «Haznos dioses nuevos».

En vez de defender lo correcto, Aarón obedeció al pueblo. Reunió sus aretes, los derritió e hizo un ídolo con la forma de un becerro para que la gente lo adorase: «¡Aquí está!», dijo el pueblo. «¡Este es el dios que nos rescató de la esclavitud de Egipto!».

Al pueblo le gustaba tanto su ídolo, que Aarón construyó un altar delante de él y dijo: «Mañana, ¡haremos una celebración!».

Eso es exactamente lo que hicieron. Mientras comían y bebían y celebraban a su nuevo «dios», Dios dijo a Moisés: «Es la hora de que regreses. El pueblo ya se ha alejado de mí y están adorando un ídolo».

Moisés descendió del monte con las dos tablas de piedra. Cuando se acercó al campamento, vio al pueblo danzando alrededor del becerro. Eso le enfureció tanto que tiró las tablas al suelo y las hizo pedazos. Tomó el becerro, lo derritió en el fuego, lo molió hasta hacerlo polvo y lo esparció en el agua.

Como castigo, Moisés hizo beber a los israelitas el agua en el que había puesto el polvo del ídolo.

Se dirigió a Aarón y le dijo: «¿En qué estabas pensando? ¿Por qué los guiaste a este horrible pecado?».

«¡Ellos me hicieron hacerlo!», respondió Aarón. «Yo solo arrojé su oro en el fuego, ¡y salió este becerro!».

«Señor», oró Moisés, «por favor, perdona a este pueblo por pecar contra ti».

Aunque Dios castigó su pecado, no abandonó a su pueblo. Tras unos días, Dios llamó de nuevo a Moisés. «Moisés», dijo Dios, «hazte dos tablas de piedra y súbelas al monte». Moisés hizo lo que Dios le dijo, y mientras subía por el Monte Sinaí por la mañana temprano, Dios descendió en una nube y dijo: «El Señor es compasivo, misericordioso, lento para la ira, y lleno de amor, fidelidad y perdón».

Moisés se quedó en la presencia de Dios durante cuarenta días. Descendió de nuevo del monte, con un nuevo conjunto de tablas en la mano, y su rostro resplandecía con la gloria de Dios cuando Moisés les presentó las tablas a los israelitas.

Los mandamientos que Dios había dado a su pueblo son mucho más que un conjunto de reglas. Grabadas en piedra por su propia mano, encontramos las instrucciones sobre cómo vivir, dadas a los humanos por su Creador. Nos revelan la naturaleza de Dios y sus valores. Muestran lo que debemos hacer para agradarlo a Él, el Dios perfecto.

Dios sabía exactamente lo que su pueblo necesitaba para vivir una vida lo más fructífera posible. Se lo dijo Él mismo, usando su propia mano de amor y dos señales de piedra. Les estaba apuntando al buen camino para la mejor vida posible.

*Dios habló, y dio a conocer todos estos mandamientos: «Yo soy el S*ᴇñᴏʀ *tu Dios. Yo te saqué de Egipto, del país donde eras esclavo. No tengas otros dioses además de mí».*

Éxodo 20.1-3

LA VICTORIA
IMPOSIBLE DE JOSUÉ

Josué 1—6

Moisés había guiado fielmente al pueblo de Dios todo el camino desde Egipto hasta la entrada de la Tierra Prometida: la tierra de Canaán. Pero allí, le dijo Dios, era donde su tarea terminaría.

A lo largo del viaje del Éxodo y durante el desierto, un joven llamado Josué había demostrado ser un líder fuerte de gran fe, sin dudar nunca de las promesas que Dios tenía preparadas para su pueblo. Justo antes de morir, Moisés presentó a Josué como el nuevo líder del pueblo de Dios. Moisés animó a Josué a ser fuerte y valiente; le recordó que Dios siempre estaría con él.

Josué no malgastó su tiempo al liderar al pueblo de Dios hacia su propósito, hacia la Tierra Prometida. «¡Díganle al pueblo que se prepare!», dijo él. «En tres días, cruzaremos el Jordán para entrar en la tierra que Dios nos da».

Josué envió espías a revisar la tierra, pero el rey de Jericó se dio cuenta de que había espías que estaban entrando en la ciudad. «¡Encuéntrenlos!», exigió el rey. Los espías huyeron y se escondieron en la casa de una mujer llamada Rajab. Rajab vio que los hombres eran israelitas, pero igualmente accedió a esconderlos.

El rey envió a sus hombres a la casa de Rajab. «¿Dónde están los hombres que entraron en tu casa?», preguntaron. «¡Entrégalos!».

«Ah, ¿esos hombres?», preguntó Rajab, aleteando sus pestañas. «Ya se fueron hacia la puerta de la ciudad. ¡Si se dan prisa los alcanzarán!». Los guardias del rey se dieron la vuelta y fueron corriendo en dirección a la puerta de la ciudad.

«Ya se han ido», susurró Rajab a los espías, que estaban escondidos debajo de un montón de lino. Ella explicó a los espías que todo el país había estado hablando de ellos, que habían oído que Dios les daría su tierra a los israelitas, y que temían al pueblo de Dios y lo que sucedería. La casa de Rajab estaba construida en el muro de la ciudad, así que una ventana era una apertura en el propio muro. Ella entregó una cuerda a los espías y les mostró la ventana. «Usen esta cuerda para descender por la pared del muro», les dijo. Antes de irse, les rogó: «Por favor, acuérdense de mi familia y de la bondad que les he mostrado».

«Por supuesto», respondieron los hombres. «Si atas esta cuerda roja a tu ventana, les protegeremos a ti y a tu familia cuando volvamos para tomar la tierra». Los hombres reportaron a Josué todo lo que había sucedido.

A la mañana siguiente temprano, los israelitas recogieron todo y dejaron el campamento. Los sacerdotes sostenían los postes del arca del pacto, una caja grande y santa que contenía los Diez Mandamientos, sobre sus hombros y caminaron hacia el río Jordán. Todo el pueblo les siguió.

El sonido de aguas discurriendo era cada vez mayor a medida que se acercaban. El Jordán estaba rebosante, como sucedía por lo general en esta época de cosecha. Sin embargo, cuando el dedo gordo del pie del primer sacerdote tocó el agua, las aguas se detuvieron. El caudaloso río se convirtió en una cuenca seca y las aguas se apilaron cerca de una ciudad a varios kilómetros río arriba. Los sacerdotes se quedaron allí de pie, en medio del río seco, hasta que todas y cada una de las preciosas personas del pueblo de Dios pasaron al otro lado del río.

Justo allí en la orilla del río, los israelitas levantaron un monumento de doce piedras, tomadas de la cuenca del río Jordán, para acordarse del poder y la provisión de Dios, de cómo Él había secado un río caudaloso para que su pueblo pasara a su Tierra Prometida.

¡Los israelitas habían llegado! Habían entrado en la tierra que el Señor su Dios les había dado. Pero aún no era el momento de celebrarlo. Aún quedaba un gran problema que solucionar: el muro que rodeaba toda la ciudad de Jericó. Nadie salía, y nadie entraba, especialmente los israelitas. Al menos, eso era lo que pensaba toda la ciudad de Jericó.

Sin embargo, los israelitas no se desanimaron. Un montón de piedras recién apiladas del río Jordán le recordaban a Josué la fidelidad y el poder de Dios. De nuevo, él miró al Señor. «¿Qué hacemos ahora?», oró.

Aunque las tropas a ambos lados del muro estaban listas para la batalla, Dios le dio a Josué estas sencillas instrucciones: «Marchen alrededor de la ciudad en silencio, una vez al día, durante seis días. Al séptimo día, marchen alrededor siete veces. Cuando los sacerdotes den un sonido largo de trompeta, que todo el ejército grite. El muro caerá y todos podrán entrar».

Tuvo que ser uno de los planes de guerra más extraños que Josué había escuchado jamás, pero también sabía que el mar se dividió, que salió agua de la roca, que cayó pan del cielo, y que las aguas caudalosas se secaban cuando Dios estaba al mando.

Josué pasó la orden al pueblo. Ellos hicieron lo que Dios les ordenó. Al séptimo día, cuando sonó la trompeta, los hombres gritaron, ¡y ese gran muro cayó al suelo! El pueblo de Dios entraba así a la ahora desprotegida ciudad de Jericó.

«¡Miren! ¡La cuerda roja!», dijo Josué. «Vayan a sacar a Rajab y su familia». Los hombres que habían espiado por Josué asintieron en consentimiento y corrieron para salvar a la mujer que los había salvado a ellos.

Un montón de piedras, una cuerda roja, un muro recién caído y la Tierra Prometida bajo sus pies; con todos estos recordatorios del poder y la provisión de Dios, ¿confiarían finalmente los israelitas en la fidelidad de Dios?

«Ya te lo he ordenado: ¡Sé fuerte
y valiente! ¡No tengas miedo ni te
desanimes! Porque el Señor *tu Dios te*
acompañará dondequiera que vayas».

Josué 1.9

UN HÉROE IMPROBABLE

Jueces 6 — 7

Tras muchos años en la Tierra Prometida, los israelitas se desviaron de su lealtad a Dios y sus mandamientos. Dios envió jueces para dirigirlos y guiarlos, pero una y otra vez, su pueblo se volvía a sus propios caminos en vez de buscar y seguir a Dios. Finalmente, Dios entregó a los israelitas a la tiranía de los madianitas. Los madianitas eran tan duros con los israelitas que tenían que esconderse, construir sus casas en las montañas y cuevas y en otros lugares escondidos. Los madianitas eran muy destructivos durante sus ataques, destruyendo las cosechas y llevándose el ganado, y dejaban muy poco a los israelitas con lo que poder vivir. Sin nadie a quien acudir, los israelitas clamaron de nuevo al Señor implorando su ayuda.

En ese mismo tiempo, un joven llamado Gedeón se escondía en un lagar trillando trigo. Gedeón sabía que si los madianitas veían la nube de polvo de las cascarillas del trigo, si lo veían trillar trigo, irían a robar la comida de su familia. Mientras se escondía allí, un ángel se le apareció y le dijo: «Dios está contigo, valiente guerrero».

Gedeón miró a su alrededor. Seguro que este ángel no le estaba hablando a él, un joven que se escondía en un lagar. Él respondió: «Si Dios está con nosotros, ¿por qué nos está sucediendo todo esto?».

«Yo te envío a salvar a tu pueblo», dijo el ángel.

«¿Quién soy yo para salvar a nadie, y mucho menos a todo Israel?», preguntó Gedeón. «Mi familia es la familia más débil de la tribu, ¡y yo soy el menor de mi familia!».

El Señor respondió a Gedeón: «Yo estaré contigo, y tú derrotarás a los madianitas».

«De acuerdo», respondió Gedeón. «Si esto verdaderamente es cierto, dame una señal. Colocaré este vellón de lana en el suelo. Mañana, si hay rocío sobre la lana pero el suelo está seco, entonces sabré que me estás enviando a salvar a Israel, como has dicho».

Al día siguiente, Gedeón se despertó y encontró el suelo seco y la lana empapada. Escurrió el rocío, llenando toda una taza de agua.

Aunque había recibido su señal, Gedeón no estaba convencido. «Está bien, Dios», dijo, «no te enojes conmigo, pero ¿me puedes enviar otra señal?». Esta vez Gedeón pidió lo contrario, diciéndole a Dios que hiciera que la lana estuviera seca y el suelo lleno de rocío. Esa noche, Dios hizo tal y como Gedeón le había pedido, manteniendo la lana seca mientras que el suelo apareció con rocío.

Finalmente convencido, Gedeón comenzó a reunir a su ejército. En poco tiempo, Gedeón había reunido a más de treinta mil hombres. Entonces Gedeón oyó la voz de Dios. «Tienes demasiados hombres. Si derrotas a Madián con ese ejército, pensarás que te salvaste por tu propia fuerza», le explicó Dios. «Diles a los hombres que si alguno de ellos tiene miedo, puede volver a su casa con su familia».

Gedeón hizo lo que Dios le dijo y vio cómo veintidós mil hombres dejaron el campamento.

Dios miró a los diez mil hombres que quedaban y dijo: «Siguen siendo demasiados. Llévalos hasta el agua y obsérvalos beber. Si beben tomando el agua con sus manos, pueden quedarse, pero si se arrodillan para beber, envíalos a casa».

Solo trescientos hombres bebieron de sus manos. Gedeón vio cómo su ejército, que tenía treinta mil hombres, se reducía a solo trescientos.

«¡Ahora!», dijo Dios. «¡Ahora estás listo para atacar a los madianitas!».

Los números no tenían sentido para Gedeón. Aunque confiaba en el plan de Dios, no podía ver cómo trescientos hombres podían derrotar a todo el ejército madianita. Para ayudar a Gedeón a entenderlo, Dios le dijo: «Desciende al campamento enemigo, y escucha lo que esos madianitas están diciendo».

Esa misma noche, ya tarde, Gedeón y su ayudante se adentraron en el campamento madianita. Caminando entre las muchas tiendas, personas y camellos, se detuvieron cuando oyeron a un hombre hablar nervioso sobre un sueño que había tenido.

«Un pan rodaba hasta nuestro campamento, ¡y golpeó la tienda tan fuerte que esta se vino abajo!», exclamó.

«¡Entonces es cierto!», clamó su amigo. «¡Dios ha entregado a los madianitas a Gedeón el israelita!».

Oyendo lo que decían los madianitas, Gedeón se arrodilló y dio gracias a Dios. Volvió corriendo al campamento. «Despierten, ¡despierten todos!», clamó. «¡Levántense! ¡Dios nos ha entregado a los madianitas!».

Gedeón les dio a sus hombres trompetas y jarras vacías, y pusieron antorchas de fuego dentro de las jarras. «Ahora, ¡síganme!», gritó Gedeón.

No solo eran ahora un ejército diminuto de trescientos hombres, sino que ¿iban a derrotar a un ejército masivo usando solo jarras de arcilla, antorchas y trompetas?

Gedeón no dudó. Siguió las instrucciones de Dios y marchó hacia delante confiadamente. Cuando él y sus hombres habían rodeado el campamento, Gedeón dio la orden: «Fíjense en mí y hagan lo que yo haga».

Gedeón tocó su trompeta, así que todos los hombres hicieron sonar sus trompetas con él. Gedeón rompió su jarra contra el suelo y después alzó en alto su antorcha, y sus hombres hicieron lo mismo. Juntos, gritaron: «¡Por el Señor y por Gedeón!».

Después esperaron, y observaron.

De repente, las masas de soldados madianitas comenzaron a correr en todas direcciones como ratones, gritando y gimiendo mientras corrían. Confundidos por el potente sonido de trescientas trompetas, comenzaron a luchar entre ellos, atacando a sus propios hombres con sus espadas. Gedeón y su ejército

veían su improbable victoria materializarse tal y como Dios había prometido.

A la mañana siguiente, el sol se levantó sobre Gedeón y sus trescientos hombres, triunfantes contra las masas de madianitas.

Dios había buscado a Gedeón, el hombre más pequeño del clan más débil, para dirigir un ejército para salvar a su pueblo. Cuando Gedeón puso su pequeña mano humana en la poderosa mano de Dios, se convirtió en un poderoso guerrero, derrotando a las intimidatorias fuerzas que oprimían a su pueblo. Ese mismo poder, esa misma protección, ese mismo Dios todopoderoso está justo ahí esperando, disponible para todos nosotros, si tan solo confiamos en Él en las batallas que Él nos guía a pelear.

—Pero, Señor —objetó Gedeón—, ¿cómo
voy a salvar a Israel? Mi clan es el más
débil de la tribu de Manasés, y yo soy
el más insignificante de mi familia.
El Señor *respondió: —Tú derrotarás a*
los madianitas como si fueran un solo
hombre, porque yo estaré contigo.
Jueces 6.15, 16

LA FUERZA SOBRENATURAL DE SANSÓN

Jueces 13 — 16

Habían pasado muchos años desde que Dios guio a Gedeón a salvar a los israelitas de la opresión de los madianitas. Una vez más, los israelitas habían dejado de obedecer a Dios. Como resultado, se encontraron bajo el duro gobierno de los filisteos por cuarenta años.

Un ángel del Señor se le apareció a una mujer israelita. «Sé que no has podido tener hijos», le dijo, «pero vas a tener uno». La mujer escuchaba asombrada mientras el ángel hablaba. «Pertenecerá a Dios desde el día que nazca, así que nunca se le podrá cortar el cabello. Incluso antes de que nazca no podrás beber vino ni comer ningún alimento prohibido por las leyes de Dios. Tu hijo empezará a liberar a Israel de los filisteos».

La mujer no se podía creer lo que acababa de escuchar. Corrió a contárselo a su esposo, y juntos se prepararon para el nacimiento de su hijo. Cuando nació, lo llamaron Sansón.

Dios bendecía a Sansón a medida que crecía, y cuando estuvo listo para casarse, escogió a una mujer filistea. «Sansón, ¿no puedes encontrar a una mujer de nuestro pueblo, una israelita?», le preguntaron sus padres, pero Sansón ya lo tenía decidido: se casaría con una filistea. Al hacer esto, Sansón, sin saberlo, estaba poniendo en marcha el plan de Dios para derrotar a los filisteos y liberar a su pueblo.

Sansón y sus padres se dirigieron al pueblo de Timnat para conocer a su futura esposa. De repente, mientras Sansón caminaba solo, un león le salió al encuentro con un feroz rugido. Con

la increíble fuerza que Dios le había dado, Sansón peleó y mató al león usando únicamente sus manos.

Más adelante, cuando Sansón regresó a Timnat para su boda, vio al león muerto en el suelo. Un enjambre de abejas había hecho un panal dentro del cadáver, así que Sansón recogió la miel y se la comió mientras caminaba. La compartió con sus padres también, pero no les dijo dónde la había conseguido.

En el banquete de bodas, Sansón propuso un acertijo a los otros treinta hombres que estaban allí: «Del que come salió comida, y del fuerte salió dulzura. Si consiguen responder a mi adivinanza antes de que acaben los siete días del banquete», dijo Sansón, «¡les daré treinta conjuntos de ropa! Pero si no lo consiguen, *ustedes* me tienen que dar a *mí* treinta conjuntos de ropa».

Durante tres días, los treinta hombres intentaron resolver la adivinanza, pero no pudieron. En el cuarto día, fueron a la esposa de Sansón y la amenazaron. «Si no nos dices la respuesta», dijeron, «¡quemaremos la casa de tu familia con todos los que estén dentro!».

La esposa de Sansón corrió a su encuentro, llorando. «¿Por qué me haces esto? ¿Es que me odias? ¿Por qué les dices a mis amigos una adivinanza y no me dices a mí la respuesta? ¡Dímela!».

Pero Sansón se negó. «Ni siquiera se lo he dicho a mis padres», dijo. «¿Por qué te lo iba a decir a ti?».

Durante los días de banquete que quedaban, mañana y noche, la esposa de Sansón lloraba, rogándole que le dijera la respuesta. Finalmente, en el séptimo día, cedió.

Poco tiempo después, los hombres del pueblo se acercaron a Sansón, sonriendo astutamente, y dijeron: «¿Qué es más dulce que la miel? ¿Qué es más fuerte que un león?».

Sansón se dio cuenta de que había sido vencido, traicionado por su esposa. En su ira y con el don de su fuerza, fue a un pueblo cercano y le quitó la ropa a treinta hombres. Volvió a Timnat y le dio la ropa a los hombres que habían resuelto su adivinanza. Furioso y derrotado, Sansón regresó a casa, dejando a su esposa atrás con su familia.

Varios meses después, Sansón volvió para visitar a su esposa, llevando consigo una cabra joven como regalo. Sin embargo, el padre de su esposa no dejó entrar a Sansón a la casa. «¡Yo creía que la odiabas!», dijo el padre. «¡La entregué para que se casara con otro hombre!».

Otra vez, Sansón se puso furioso. *Les voy a dar una lección*, pensó. Cazó trescientos zorros, los ató de la cola de dos en dos, y ató una antorcha a cada par de zorros. Después soltó a los zorros por los campos de grano de los filisteos, con las antorchas atadas. Llamas azotaban los campos de los filisteos (su grano, sus uvas, sus olivas) ¡todo fue destruido!

Cuando los filisteos vieron la devastación, querían saber qué o quién había causado que su comida se incendiara y por qué. Cuando se enteraron, respondieron quemando a la esposa de Sansón y al padre de la esposa hasta matarlos.

Eso solo hizo que Sansón se pusiera más furioso. Allí y en ese momento, juró no detenerse nunca hasta vencer a los filisteos.

Los filisteos, mientras tanto, tenían sus propios planes para vencer a Sansón. Al fin y al cabo, ¿qué era un hombre contra una nación entera de gente? Lo que no entendían, sin embargo, era que este no era cualquier hombre. Incluso con sus faltas y defectos, Sansón había sido escogido y empoderado por un Dios todopoderoso, que lo había enviado para liberar a su pueblo.

Sansón se escondió en una cueva por un tiempo, entonces una noche fue a Gaza a visitar a una mujer. Cuando los filisteos se enteraron de que él estaba en su pueblo, decidieron que lo matarían al amanecer. Lo esperaron junto a la puerta de la ciudad, que estaba cerrada por la noche. Sus planes fueron frustrados, sin embargo, cuando en mitad de la noche Sansón se levantó y fue a la puerta. La arrancó del muro de la ciudad y se la llevó a una colina cercana, cargándola sobre sus hombros.

Con el tiempo, Sansón conoció a una mujer llamada Dalila y se enamoró de ella. Cuando los líderes filisteos se enteraron, fueron a hablar con Dalila. «¡Tenemos un trato para ti!», le tentaron. «Cada uno de nosotros te dará un puñado de monedas de plata si nos haces un favor». Dalila escuchó con más interés cuando el hombre se acercó y le susurró: «Si descubres el secreto de la increíble fuerza de Sansón, la plata será toda tuya». Dalila sonrió.

«Sansón», dijo Dalila, peinando su largo cabello con sus dedos, «¿cómo te hiciste tan grande y fuerte?».

«Bueno», sonrió Sansón, «solo soy fuerte hasta que alguien me ate con siete cuerdas de arco nuevas».

Dalila les dijo a los líderes filisteos lo que Sansón había dicho. Le trajeron las siete cuerdas de arco y se escondieron por allí cerca, esperando. Cuando Dalila había atado a Sansón con las cuerdas, gritó: «¡Sansón, vienen los filisteos!». Sansón se levantó, rompiendo las cuerdas como si fuesen ramitas secas.

«Oh, Sansón», gritó Dalila, «¡me has engañado! Dime la verdad».

«Está bien», sonrió Sansón. «La verdad es que, si me atas con cuerdas nuevas, seré tan débil como una persona normal».

Una vez más Dalila lo ató, usando cuerdas nuevas esta vez, mientras los filisteos esperaban. Otra vez, cuando Dalila gritó: «¡Vienen los filisteos!», Sansón rompió las cuerdas sin problema alguno.

Dalila puso cara de lástima. «Siempre me estás mintiendo, haciéndome parecer tonta». Cruzó los brazos y le dio la espalda. «Dime la verdad», demandó.

«Vale, vale, si tejes mis siete trenzas en el telar, perderé mi fuerza», dijo Sansón.

Dalila sonrió dulcemente. Tan pronto como tuvo una oportunidad, tejió cuidadosamente las siete trenzas de Sansón en el telar.

Por supuesto, en cuanto dijo: «¡Vienen los filisteos!», él se despertó y se liberó.

Dalila se negó a rendirse, sin embargo. Se quejaba y molestaba y rogaba, día tras día, hasta que por fin, Sansón se lo dijo. Le dijo la verdad. «Soy nazareo», dijo Sansón. «Nunca me han cortado el cabello. Si me lo cortaran, perdería mi poder y tendría la fuerza de cualquier otro hombre».

La cara triste de Dalila cambió a una cara contenta. Sabía que esta vez, por fin, Sansón le había contado su secreto. Los filisteos le capturarían, y ella tendría su plata.

En cuanto Sansón se durmió en su regazo, Dalila pidió una cuchilla. Vio cómo caían al suelo una, dos, tres, y pronto, las siete trenzas de Sansón.

«¡Sansón, vienen los filisteos!», gritó Dalila.

Sansón se levantó confiado, como había hecho las veces pasadas, listo para vencer a los filisteos. Cuando agarraron a Sansón, rápidamente flexionó los hombros, ¡pero no pasó nada! Intentó apartarlos, pero no pudo con ellos. El poder de Dios le había abandonado. Su fuerza se había ido.

Los filisteos cegaron a Sansón, lo ataron, y le pusieron a trabajar en la cárcel. Allí en esa cárcel, comenzó a crecerle el cabello otra vez.

Después de un tiempo, los líderes filisteos se juntaron para felicitarse a sí mismos por la victoria que habían conseguido sobre Sansón. Prepararon sacrificios para agradecer a su dios Dagón por su éxito, por darles a Sansón. Después de mucha celebración, alguien gritó: «Eh, ¿dónde está Sansón, por cierto? ¡Tráiganlo para que nos entretenga!». La multitud se rio y aplaudió cuando llevaron allí a Sansón y lo pusieron entre los pilares del templo.

La gran multitud se detuvo y observó. La leyenda de fuerza, impulsado por el poder de Dios, ahora no era nada más que un esclavo de la cárcel. Miles observaban cómo se apoyaba en una columna para mantenerse de pie.

«¿Qué está murmurando?», preguntó uno de ellos, burlándose de su gran enemigo que parecía haber sido reducido a un débil charlatán.

Solo los que estaban cerca de Sansón podían oír lo que estaba susurrando. Elevó su rostro al cielo y dijo: «Acuérdate de mí, Dios. Solo una vez más, dame fuerza para destruir a los filisteos». Después se apoyó en las dos columnas, las dos que sujetaban todo el templo. «Ahora, ¡déjame que muera con los filisteos!», gritó. Según decía esas palabras, empujó las columnas.

Lleno del poder de Dios una vez más, derrumbó el templo, el cual cayó encima de él y de todos los que estaban dentro.

Después de su muerte, Sansón sería recordado como uno de los líderes más poderosos de Israel. Durante veinte años Dios le había dado a Sansón una fuerza asombrosa. Durante veinte años Sansón la había usado para proteger a los israelitas de los filisteos.

Con ese último acto de fuerza dada por Dios, Sansón sacrificó su propia vida y aseguró la derrota de los filisteos, y la liberación del pueblo de Dios.

Por supuesto, Sansón solo era humano. Su protección no era perfecta, ni permanente. Un día, Dios enviaría a otro líder, otro protector (completamente Dios y completamente hombre en un paquete perfecto) para ofrecer de una vez por todas a su pueblo una protección perfecta y permanente que los protegería hasta la eternidad.

ele

«Porque concebirás y darás a luz un hijo. No pasará la navaja sobre su cabeza, porque el niño va a ser nazareo, consagrado a Dios desde antes de nacer. Él comenzará a librar a Israel del poder de los filisteos».

Jueces 13.5

DONDE TÚ VAYAS, YO IRÉ

El libro de Rut

Cuando una hambruna golpeó la tierra de Israel, un hombre llamado Elimélec se mudó con su esposa Noemí y sus dos hijos al país vecino de Moab. Mientras estaban allí Elimélec murió, y sus dos hijos se casaron con mujeres de Moab. Uno de los hijos se casó con una mujer llamada Orfa y el otro se casó con una mujer llamada Rut. Tras vivir en Moab por unos diez años, los dos hijos también murieron, dejando a Noemí hecha pedazos, llena de amargura y sola. Estaba lejos de su ciudad natal, sin hijos y sin esposo que cuidaran de ella.

En cuanto Noemí oyó que la hambruna había terminado en Israel, llamó a sus dos nueras.

«Voy a regresar a Belén, a mi casa en Israel», les dijo. «Ustedes regresen a sus casas, pues por el amor que han demostrado a mi familia, sé que el Señor les bendecirá con el amor y la felicidad de una nueva familia».

«¡No!», dijeron. «¡Nosotras iremos contigo!».

«¿Por qué?», respondió Noemí. «No tengo nada que ofrecerles. No tengo esposo ni hijos con los que se puedan casar. No queda esperanza para mí pero sí para ustedes, aún pueden construir otra familia. ¡Así que vayan! Vayan y encuentren de nuevo la felicidad».

Las mujeres lloraron y se abrazaron. Finalmente, Orfa se despidió de su suegra y regresó con su familia.

Rut, sin embargo, siguió rehusando dejar a Noemí.

«¡Vete, Rut!», insistía Noemí. «Orfa se va. ¡Regresa con ella a tu hogar!».

Entre lágrimas, Rut alzó su mirada a su suegra. «No», susurró Rut con firmeza. «No me pidas que te deje, porque donde tú vayas, yo iré. Donde te quedes, me quedaré. Tu Dios será mi Dios. Donde tú mueras, moriré yo».

Noemí no sabía qué decir. Sabía que, dijera lo que dijera, no convencería a Rut para que regresara a su hogar y comenzara una nueva vida. Por lo tanto, las dos mujeres se fueron juntas a Belén.

Rut y Noemí llegaron a Belén al comienzo de la época de la cosecha de cebada. «Necesitaremos alimento», dijo Rut. «Iré a los campos y veré si alguien me deja recoger sus sobras». Ella caminó hasta que vio un campo donde cosechaban y fue detrás de los trabajadores, recogiendo lo que ellos se dejaban.

El campo que Rut había escogido resultó pertenecer a un hombre llamado Booz, un familiar del difunto esposo de Noemí, Elimelec. Booz vio a Rut recogiendo grano detrás de sus cosechadores y preguntó: «¿Quién es esa mujer?».

«Es la mujer moabita que acaba de regresar con Noemí», dijeron sus trabajadores. «Nos preguntó si podía recoger las sobras, y ha estado ahí desde esta mañana temprano, haciendo tan solo un breve descanso».

Booz recorrió a zancadas los campos para alcanzar a Rut. «Escucha, hija», dijo él, «por favor quédate aquí, a trabajar con las demás mujeres. No te vayas a otro campo. Cuando tengas sed, por favor, bebe de las jarras que han llenado los hombres».

Impactada por su generosidad, Rut se postró a sus pies. «¿Por qué, por qué es usted tan amable conmigo, que soy extranjera, una desconocida?», le preguntó.

«He oído de ti», respondió él con una amable sonrisa. «Escuché que dejaste atrás todo tras la muerte de tu propio esposo para cuidar de tu suegra. Solo pido que seas recompensada por todo lo que has hecho por ella».

«Eh, gracias, mi señor», respondió Rut, aún postrada.

En la comida, Booz llamó a Rut. «Ven, come con nosotros».

Rut comió hasta estar satisfecha y se fue para seguir recogiendo grano. Cuando se había ido, Booz les dijo a sus hombres: «Déjenla recoger todo lo que quiera. Incluso pueden dejar tirado algo de grano en el suelo para que ella lo recoja y se lo lleve».

Rut recogió grano hasta la noche. Trilló el grano, montones y montones de grano, y regresó corriendo con su suegra para enseñarle todo lo que había conseguido.

«¿De dónde sacaste todo ese grano?», preguntó Noemí.

Rut soltó una sonrisita y le habló de Booz y la amabilidad con que la había tratado.

«Bueno, ¡Dios lo bendiga!», exclamó Noemí. «Dios no ha dejado de mostrarnos favor a nosotros o a nuestra familia. Booz de hecho es un familiar cercano y se supone que debe ayudarnos si lo necesitamos. Era un familiar cercano de Elimélec».

«Me pidió que regresara», añadió Rut. «Me ha dicho que me quede hasta que se coseche toda la cebada y el trigo».

«¡Vaya, eso es maravilloso, hija!», dijo Noemí. «Sí, quédate ahí. Estarás a salvo en los campos de Booz, y tendremos abundancia».

Un día, Noemí miró a Rut y sonrió. Tuvo una idea. «Ahora, hija, ya no puedes vivir aquí conmigo para siempre, cuidando de tu anciana suegra sola, sin una familia propia. Debemos encontrarte un hogar, un lugar donde seas feliz y tengas todo lo que necesites».

Rut escuchaba mientras Noemí le presentaba su plan. Noemí dijo: «Como sabes, Booz es un familiar. Como familiar cercano, también es el guardián de nuestra familia. Eso significa que puede cuidar de nosotras, de ti, si se lo pedimos. Sé dónde estará esta noche después del trabajo».

«De acuerdo», dijo Rut, un poco emocionada, un poco nerviosa y un poco avergonzada. «Haré lo que tú digas».

Rut se vistió con su mejor vestido y se puso su mejor perfume, siguiendo las instrucciones de su suegra. Encontró a Booz exactamente donde Noemí le había dicho: en la era, dormido.

Calladamente, ella se acercó a él y se tumbó a sus pies.

En mitad de la noche, Booz se despertó de repente y vio a Rut tumbada a sus pies. «¿Quién, qué; qué haces aquí?», preguntó.

«Soy yo, Rut, tu sierva», dijo rápidamente. «Noemí dijo que tú eres el guardián de su familia, de nuestra familia. Como eres el familiar con vida más cercano, ¿podrías ayudarnos?».

Booz respiró hondo, y sonrió. Dijo: «Sí, sí. Es cierto. Soy el guardián de la familia, y es un honor que me lo pidas. Todos saben que eres una mujer generosa y amable». Su sonrisa se desvaneció al continuar: «Como hay un miembro de la familia aún más cercano que yo, antes debo hablar con él. Si él no les redime junto con sus propiedades, yo estaré encantado de hacerlo».

Rut le dio las gracias a Booz y fue corriendo a contarle todo a Noemí.

«Ahora tan solo espera», dijo Noemí, abrazando a Rut. «Él no descansará hasta que todo se resuelva».

Noemí tenía razón: Booz regresó rápidamente y le pidió a Rut que fuera su esposa. Se casaron y pronto tuvieron un hijo, Obed, dándole así a Rut la nueva familia que Noemí había querido que tuviera desde que salieron de Moab. Rut también cumplió su promesa a Noemí. Nunca la dejó, y lo que es más, le dio a Noemí una nueva familia a quien amar y de la cual ser parte.

Dios había bendecido la amabilidad y lealtad de Rut, no solo en la vida presente de su nueva familia, sino también en el futuro de su familia. Verás, Obed llegaría a ser el abuelo del rey más famoso de Israel: el rey David.

Sin embargo, la familia de Rut no se detendría ahí. Generaciones después del rey David, un nuevo Rey, un descendiente de David, nacería en Belén. Sería el Rey de reyes, diferente a todos

los reyes que el mundo ha conocido jamás. Lo pondrían en un pesebre bajo un glorioso cielo de estrellas. El Dios de amor y luz dormiría en paz sobre un pesebre de paja, esperando el día en que Él también sería llamado guardián-redentor: el Redentor del mundo.

—Ya me han contado —le respondió Booz— todo lo que has hecho por tu suegra desde que murió tu esposo; cómo dejaste padre y madre, y la tierra donde naciste, y viniste a vivir con un pueblo que antes no conocías. ¡Que el Señor *te recompense por lo que has hecho! Que el* Señor, *Dios de Israel, bajo cuyas alas has venido a refugiarte, te lo pague con creces.*

Rut 2.11, 12

EL NIÑO QUE ESCUCHÓ LA VOZ DE DIOS

1 Samuel 1—3

Había un hombre que vivía en Ramá, cerca de Belén, llamado Elcaná. Elcaná tenía dos esposas: Ana y Penina. Cada año, Elcaná y su familia viajaban a Siló para adorar y ofrecer sacrificios a Dios. Elcaná le daba a Penina y sus hijos carne del sacrificio, pero a Ana le daba el doble. Lo hacía porque amaba a Ana y sabía que estaba triste porque no podía tener hijos.

Aunque los viajes a Siló eran un tiempo de adoración y celebración, cada año Penina provocaba y se burlaba de Ana porque no tenía hijos. Esto siempre dejaba a Ana llorando, y estaba tan triste que no comía. Elcaná se preocupaba por Ana e intentaba consolarla, pero no servía de mucho.

Durante uno de los viajes, al final de la comida, Ana se levantó de repente y se fue a algún lugar donde su lloro solamente lo escuchara Dios. Estaba de pie entre las sombras en el tabernáculo, orando y llorando, rogándole a Dios que se acordara de ella y le diera un hijo. «Si me concedieras tener tan solo un hijo», decía ella, «lo ofrecería para tu servicio durante el resto de su vida».

A consecuencia de sus ojos lacrimosos, Ana no había visto al sacerdote Elí que estaba sentado junto a la entrada del tabernáculo, pero él sí le vio a ella. Veía cómo se movían sus labios, pero no decía palabras en voz alta que él pudiera oír. «Mujer», le reprendió, sacando abruptamente a Ana de la profundidad de su oración, «¡estás borracha de tanto vino!».

«No es así», dijo Ana, meneando negativamente la cabeza. «Tan solo necesitaba estar un tiempo a solas con Dios. Él es el único que conoce mi profunda tristeza, y es el único que puede ayudarme».

La voz de Elí se suavizó. «Ve, entonces», dijo él. «Vete en paz, y que nuestro Dios alivie tu tristeza concediéndote lo que le has pedido».

Ana alzó la vista hacia Elí y asintió. Su tristeza se había ido, y regresó su apetito. Se volvió a unir a la fiesta esa noche, y a la mañana siguiente viajaron de regreso a Ramá.

Poco después, Ana comenzó a sentirse algo extraña, a tener un sentimiento que no podía describir muy bien y que nunca antes había tenido. Ese sentimiento de alegría rápidamente se convirtió en un gozo completo cuando Ana se dio cuenta de que, finalmente, ¡estaba embarazada! ¡Dios había escuchado su oración!

Ana ya no tendría que vivir en vergüenza; ya no tendría que escuchar más los insultos de Penina. ¡Iba a tener un bebé!

Pocos meses después, Ana dio a luz a un precioso hijo. Ella y Elcaná lo llamaron Samuel, que significa «Dios ha escuchado». Mientras acariciaba el cabello de su hijo, escuchando sus arrullos, se acordó de su promesa. Pronto le daría este precioso regalo de nuevo al Señor.

«¿Dónde vamos, mamá?», preguntó Samuel, mirando a su madre. Ella estaba metiendo harina y vino en una bolsa, para después atarla a un joven buey del ganado de Elcaná.

«Vamos al tabernáculo, Samuel», contestó ella, «a tu nuevo hogar».

Juntos, Ana y Samuel viajaron a Siló, donde el sacerdote Elí los recibió. «¿Se acuerda de mí?», le preguntó Ana. «Yo estuve aquí, orando al Señor, pidiéndole este hijo».

Una sonrisa de reconocimiento asomó en el rostro de Elí. Él asentía.

Ana se enjugó una lágrima de su mejilla y continuó: «Dios me dio exactamente lo que le pedí, y ahora le devuelvo a Dios este hijo».

Elí miraba a la mujer sin creerse del todo lo que estaba viendo, y recibió al joven en el tabernáculo.

A partir de entonces, cada año la familia de Elcaná siguió viajando hasta Siló para llevar sus sacrificios y adorar al Señor. Durante estos viajes, Ana visitaba a Samuel, llevándole una túnica nueva que hacía para él. Con los años, Dios honró el gran sacrificio de Ana dándole tres hijos más y dos hijas.

Allí en Siló, bajo la guía de Elí, Samuel creció convirtiéndose en un joven que amaba al Señor. Elí también se estaba haciendo mayor, y su vista empezaba a fallar.

Samuel dormía en el tabernáculo, donde se guardaba el arca del pacto. Una noche, oyó que alguien lo llamaba por su nombre.

Samuel saltó de la cama y corrió junto a Elí, diciendo: «Sí señor, ¡aquí estoy!».

Elí estaba confundido. «Samuel, yo no te llamé, hijo», le dijo. «Regresa a tu cama».

Pocos minutos después, Samuel lo volvió a oír.

«Sí, Elí», le dijo. «Aquí estoy».

«Samuel, yo no te he llamado. Ahora regresa a tu cama», repitió Elí.

Después, Samuel oyó la voz por tercera vez y regresó junto a Elí. «Elí, ¿me llamaste?», dijo. «Oí tu voz. Aquí estoy».

Entonces Elí se dio cuenta de que alguien había llamado a Samuel. «Samuel, hijo, regresa a tu cama», le explicó. «Si vuelves a oír la voz, responde así: "Háblame, Dios. Soy tu siervo y escucho"».

Aún un tanto confundido, Samuel regresó a su cama y esperó. «¡Samuel! ¡Samuel!», llamó la voz.

Se sentó en la cama. «¡Sí! Háblame, Señor. ¡Escucho!», dijo.

A partir de ese momento, Dios habló a Samuel. A lo largo de la vida de Samuel, Dios reveló futuros sucesos y grandes verdades, confiando en que Samuel llevaría sus palabras a su pueblo. Tal y como había hecho de joven en el tabernáculo, Samuel obedeció, respondiendo al Señor siempre que lo llamaba.

Mientras Samuel crecía, el Señor *estuvo con él y cumplió todo lo que le había dicho. Y todo Israel, desde Dan hasta Berseba, se dio cuenta de que el* Señor *había confirmado a Samuel como su profeta. Además, el* Señor *siguió manifestándose en Siló; allí se revelaba a Samuel y le comunicaba su palabra*

1 Samuel 3.19-21

EL PRIMER REY DE ISRAEL

1 Samuel 8—12

A medida que Samuel se hacía mayor, escogió a sus dos hijos, Joel y Abías, como jueces después de él. Sin embargo, Joel y Abías no eran como su padre. No usaban bien su posición, ya que hacían lo que querían y aceptaban sobornos del pueblo.

Los líderes de Israel acordaron que había que hacer algo. Acudieron a Samuel y dijeron: «Tus hijos no serán buenos líderes como tú lo has sido. Busca en su lugar un rey que nos guíe, como tienen las demás naciones».

Samuel no estaba muy contento con su sugerencia, pues él quería que Dios fuera el rey de Israel, y no un hombre. Inseguro de qué hacer, pidió a Dios su guía.

Dios dijo: «Samuel, no te están rechazando a ti como su líder, sino a mí me rechazan. Escúchalos y dales lo que piden. Sin embargo, antes de hacerlo, diles exactamente cómo será su vida con un rey sobre ellos. Les quitará sus derechos, se quedará con sus cosechas y con sus rebaños. Se llevará a sus hijos para luchar en sus ejércitos o para trabajar en sus tierras, y se llevará a sus hijas para servir en su palacio. Cuando haga estas cosas, ellos clamarán pidiendo ayuda, y yo no responderé».

Samuel le dijo al pueblo exactamente lo que el Señor había dicho. A pesar del aviso de Dios, el pueblo seguía decidido a tener un rey. «¡Queremos un rey! ¡Queremos un rey!», dijeron.

«De acuerdo», dijo Dios. «Samuel, dales lo que quieren».

Poco después, Dios le dijo a Samuel: «Mañana, a esta misma hora, te enviaré al hombre que he escogido para dirigir a mi pueblo». Al día siguiente, Samuel vio a un joven apuesto que sacaba una cabeza de altura a todos los que le rodeaban. El nombre de este joven era Saúl, y estaba buscando las asnas de su padre, que se habían perdido. Cuando Samuel vio a Saúl, Dios le dijo a Samuel: «Ese es el hombre que he escogido».

Samuel invitó a Saúl a comer con él y a quedarse en su casa. A la mañana siguiente, cuando Saúl se dispuso a salir, Samuel se acercó a él.

«Tengo un mensaje de Dios que darte», le dijo Samuel.

Samuel miró a Saúl de manera solemne y lo ungió con aceite. A medida que el aceite se escurría por la cabeza de Saúl, Samuel dijo: «Dios te ha escogido, Saúl, para que gobiernes sobre su pueblo».

Saúl no sabía qué decir.

Samuel siguió describiendo eventos que sucederían, eventos que ayudarían a mostrar a Saúl que verdaderamente había sido escogido por Dios como el nuevo rey. «Primero conocerás a dos hombres que te dirán que han encontrado las asnas de tu padre y que ahora tu padre está preocupado por ti», dijo Samuel. «Después, en el gran árbol en Tabor, te encontrarás con tres hombres que te darán dos panes. Finalmente, te encontrarás con un grupo de profetas tocando música y profetizando. En ese momento serás lleno del Espíritu de Dios y comenzarás a profetizar junto a los profetas. Con esta última señal, sabrás que eres una persona nueva. Sabrás que Dios está contigo».

Cuando Saúl dejó a Samuel, sintió un cambio produciéndose en su interior. Dios había tocado su corazón, dándole el corazón de un rey. En su camino de regreso a casa, Saúl se encontró con los distintos grupos de personas tal y como Samuel le había dicho. Finalmente, se encontró con el grupo de profetas y Saúl se vio a sí mismo uniéndose a ellos y profetizando. Todos comenzaron a darse cuenta del cambio en Saúl.

Enseguida, Samuel congregó a todo el pueblo de Dios en una reunión y les presentó a su nuevo rey, Saúl, un hombre alto, apuesto y fuerte. «¿Ven a este hombre?», dijo Samuel. «¡Este es el hombre que Dios ha escogido! No hay otro como él».

Juntos, los israelitas lo aclamaron: «¡Larga vida al rey!».

Cuando se silenciaron los vítores, Samuel se aseguró de que el pueblo entendiera la realidad de tener un rey. Les explicó a Saúl y al pueblo de Dios todos los derechos y responsabilidades que tendría el rey. Samuel después lo escribió en un rollo, para que todos recordaran sus palabras y advertencias, y presentó ante Dios el rollo.

Entonces Saúl, Samuel y el pueblo fueron a Gilgal para confirmar a Saúl como rey. Hicieron sacrificios y ofrendas a Dios. Juntos, hicieron una gran fiesta para celebrar a su nuevo rey.

Samuel le dijo al pueblo: «Pidieron un rey, y escogieron uno, aunque fue realmente el Señor quien lo escogió como su rey. Si ustedes y su rey quieren seguir al Señor, deben hacer lo que Él dice. ¡No sean tercos! Si son tercos y rehúsan obedecer al Señor, Él se volverá contra ustedes y contra su rey.

»Deben seguir siempre al Señor y adorarlo con todo su corazón. No sigan ídolos que no pueden ayudarles. ¡Sepan que no dejaré de orar por ustedes! Siempre les enseñaré cómo vivir correctamente. Acuérdense de servir al Señor con todo su corazón. Recuerden todo lo que Él ha hecho por ustedes. Recuerden estas cosas para que a ustedes y a su rey les vaya bien en esta tierra».

En lugar de servir a Dios directamente, el pueblo de Israel ahora estaba bajo el gobierno de un rey.

Pero el Señor le dijo: «Hazle caso al pueblo en todo lo que te diga. En realidad, no te han rechazado a ti, sino a mí, pues no quieren que yo reine sobre ellos».

1 Samuel 8.7

ENFRENTANDO A GOLIAT

1 Samuel 16 — 17

E l pueblo de Dios no tardó mucho en darse cuenta de que demandar un rey no fue la mejor decisión. El rey Saúl se había vuelto egoísta, enojado y desobediente a Dios. Viendo esto, Dios llamó a su fiel siervo Samuel.

«Yo he rechazado a Saúl como rey», le dijo Dios a Samuel. «Ve a ver a Isaí de Belén. He escogido a uno de los hijos de Isaí como el futuro rey sobre mi pueblo».

Cuando Samuel llegó, Isaí llamó a todos sus hijos para presentárselos a Samuel. Primero Eliab, el mayor, se presentó delante de Samuel. Samuel miró al joven y pensó: *¡Seguro que es este!* Dios le dijo a Samuel: «No mires su apariencia o su tamaño, como hace la gente. Yo no miro esas cosas, pues el Señor mira el corazón».

Después llegó el segundo hijo por edad, Abinadab, pero Samuel meneó su cabeza en desacuerdo. «Dios no ha escogido a este tampoco», dijo. Uno a uno, siete hijos de Isaí pasaron delante de él, y cada vez, Samuel movió su cabeza en desacuerdo.

Samuel sabía que había escuchado bien al Señor, pero Dios no había escogido a ninguno de los jóvenes que habían pasado delante de él. «¿Son estos todos tus hijos?», le preguntó Samuel a Isaí.

«Bueno, falta el más joven», respondió Isaí. «Está en el campo cuidando de las ovejas».

«Por favor, tráelo ante mí», dijo Samuel. «Nos quedaremos aquí hasta que él llegue».

Finalmente, el hijo menor, David, dio un paso al frente ante Samuel, y Dios dijo: «Úngelo, Samuel. Es este».

Puede que David fuera el futuro rey ante los ojos de Dios, pero para todos los demás era solo un niño. Más adelante, cuando los ejércitos filisteos se acercaron para luchar contra los israelitas, David era la última persona que cualquiera esperaría que les salvara.

Goliat era un gigante bravucón. Medía más de tres metros, y solamente su armadura pesaba tanto como un hombre joven. Cada día se acercaba para amenazar al rey Saúl y a los israelitas desde el otro lado del valle, y cada día los israelitas se escondían de él.

«¡Salgan!», gritaba Goliat. «¡Envíen a un hombre para que luche conmigo! Si me gana, ¡ustedes ganarán! ¡Y nosotros seremos sus siervos!».

Nadie respondía al aterrador gigante. Esto sucedió durante cuarenta días, con Goliat amenazando a los israelitas y los israelitas corriendo y escondiéndose.

Una mañana, Isaí envió a David a averiguar cómo estaban sus hermanos mayores y a llevarles algo de comida. Cuando David llegó, no podía creer lo que veía.

Goliat, enorme e intimidador, saliendo al valle y llamando a los israelitas. «¡Vamos! ¡Envíen a su mejor hombre para que podamos terminar con esto!». David observaba cómo el ejército de Dios seguía acobardado por el temor.

«¿Quién se cree que es este hombre, Goliat?», se preguntaba David. «¡Cómo se atreve a hablar en contra del ejército de Dios!».

«Oye, ¿qué estás haciendo aquí?», preguntaron los hermanos de David. «¿No se supone que debes estar en casa cuidando de tus ovejas?».

«¿Qué?», dijo David. «¿Qué he hecho mal ahora?». Entonces David preguntó por el campamento, indagando cuál sería la recompensa del hombre que derrotara a Goliat.

Cuando Saúl escuchó que David estaba preguntando, envió a buscarlo.

«No se preocupe, mi rey, ¡yo lucharé contra él!», dijo David.

«¿Cómo puedes luchar tú contra este guerrero experimentado?», preguntó el rey. «Eres solo un adolescente, ¡y Goliat lleva luchando desde que era un niño!».

«Puede ser», respondió David, «pero yo he defendido las ovejas de mi padre de leones y osos. Sé que puedo acabar con este filisteo del mismo modo. Él ha hablado mal, ¡en contra del ejército de Dios!».

«Muy bien», respondió el rey Saúl. «Que Dios esté contigo». El rey le dio a David su armadura para protegerse del filisteo, pero cuando David se la puso apenas podía caminar con ella.

«No puedo llevar esto», le dijo al rey. En cambio, se fue hacia el valle armado solamente con una vara y su honda. De camino a reunirse con el gigante filisteo, David se detuvo junto a un arroyo y escogió detenidamente cinco piedras lisas, y las metió en su bolsa.

David alzó la vista para contemplar al gigante. Goliat llevaba un casco de bronce en su cabeza, su pecho estaba cubierto por una coraza de bronce y sus piernas estaban protegidas por el mismo metal.

Llevaba una jabalina de bronce en su espalda y una pesada lanza en su mano. Incluso tenía un soldado que le llevaba el escudo, que hacía guardia a su lado.

A pesar de cuán impresionante era el gigante, el joven David no retrocedió. De hecho, dio un paso al frente hacia el valle donde se encontraba Goliat.

Goliat miró a David con desdén. «No es posible que vayan en serio», dijo. «¿Es esto lo mejor que tienen? ¿Este es el guerrero más fuerte que envían para pelear conmigo? ¿Creen que esto es una broma? ¿Creen que soy un perro al que se puede asustar con un palo?».

De nuevo, todos los israelitas guardaban silencio, todos salvo David, uno de los más jóvenes y con menos experiencia de todos ellos. «Puede que tengas una espada, una lanza y una jabalina», gritó a Goliat, «pero yo tengo a Dios, el Dios de Israel, el Dios del ejército al que tú amenazas. Hoy te derribaré, y cuando lo haga, todos aquí sabrán que Dios no necesita espadas, lanzas y jabalinas para ganar sus batallas. Esta batalla es del Señor, ¡y solo Él te derrotará!».

Cuando David no retrocedió, Goliat dio un paso de gigante hacia él, y David comenzó a correr para encontrarse con el gigante. Con un rápido movimiento, David puso una piedra en su mano, hizo girar la honda en el aire y apuntó al filisteo.

Zumbido. Impacto. Golpe seco.

Al instante, el tenso silencio se convirtió en un clamor de victoria cuando los israelitas se dieron cuenta de lo que acababan de presenciar: lo imposible. Un adolescente israelita había derrotado al gigante guerrero filisteo solamente con una honda y una piedra. Con una confianza renovada en su ejército y en su Dios, los israelitas se levantaron, alzaron sus armas al aire, y corrieron salvajemente hacia los filisteos que huían.

De nuevo, Dios había mostrado a su pueblo que Él aún estaba con ellos, obrando entre ellos, escuchando su clamor, y librándolos de los males gigantescos de este mundo.

Pero el Señor le dijo a Samuel: —No te
dejes impresionar por su apariencia ni
por su estatura, pues yo lo he rechazado.
La gente se fija en las apariencias,
pero yo me fijo en el corazón.
1 Samuel 16.7

David le contestó: —Tú vienes contra
mí con espada, lanza y jabalina,
pero yo vengo a ti en el nombre
del Señor Todopoderoso, el Dios de los
ejércitos de Israel, a quien has desafiado.
1 Samuel 17.45

UN VERDADERO AMIGO

1 Samuel 18—20

Después de derribar al gigante Goliat, David sirvió en la corte del rey Saúl. Siempre que el rey se ponía ansioso o furioso, lo cual sucedía con bastante frecuencia, David tocaba su arpa para calmarlo.

Durante este tiempo de servicio al rey, David también se hizo muy amigo de Jonatán, el hijo de Saúl. Jonatán y David se hicieron mucho más que amigos, eran casi como hermanos. Para mostrar su amor por David, Jonatán le regaló la buena túnica que él llevaba e incluso le dio su espada, su arco y su cinturón.

A medida que David crecía y se convertía en un exitoso guerrero, sin embargo, el rey Saúl cada vez estaba más celoso e incluso temeroso de él. Aunque Saúl era el rey escogido de Dios, había desobedecido a Dios, y el Espíritu de Dios le había dejado. Ahora Saúl veía que Dios estaba protegiendo a David en la batalla y dándole grandes victorias. Todo esto hacía que Saúl viera a David como una amenaza, y se obsesionó con deshacerse de David de una vez por todas.

Un día, Jonatán oyó a alguien hablando sobre los planes del rey para matar a David, así que Jonatán fue para advertir a su amigo.

Le dijo a David: «Ten cuidado mañana. Creo que mi padre está buscando una forma de deshacerse de ti. Intentaré hablarle bien de ti, y veré qué más descubro».

Jonatán se reunió con su padre y le rogó que no hiciera daño a David. «Está bien», prometió el rey Saúl. «Tan cierto como que hay Dios, que David no sufrirá daño alguno».

Todo volvió a la normalidad por un tiempo, y David siguió tocando su arpa para el rey. Sin embargo, un día mientras David tocaba su arpa, el rey Saúl estaba de muy mal humor. De repente lanzó su lanza contra David, ¡intentando clavarlo en la pared! David pudo escapar por poco, y corrió a casa para mantenerse lejos del rey.

Después de un tiempo, David regresó de nuevo con Jonatán en secreto para ver si era seguro volver. Jonatán trazó un plan. Dijo: «Te mencionaré delante de mi padre en la fiesta de mañana por la noche para ver si aún quiere deshacerse de ti. Al día siguiente regresaremos a este campo, entonces dispararé tres flechas y enviaré a un niño para recuperarlas. Si digo: "Trae las flechas aquí", entonces es seguro regresar, pero si digo: "Ve, las flechas te han sobrepasado", entonces no es seguro que regreses y deberás irte».

Después de la fiesta, David se escondió en el campo como habían planeado, y Jonatán salió a disparar su arco, llevando a un niño con él. Jonatán disparó una flecha más allá del niño y dijo: «¡La flecha te ha sobrepasado! ¡Ve! ¡Y no te detengas!». David salió de su escondite y se postró ante Jonatán. Sabiendo que David debía irse, ambos comenzaron a llorar. Se abrazaron y juraron por su amistad una última vez, diciendo: «Que Dios sea testigo de nuestra promesa de amistad, no solo entre tú y yo, sino en futuras generaciones, para siempre».

Con esas palabras, los dos amigos se dieron la vuelta y caminaron en direcciones opuestas, para no volver a verse nunca más, pero unidos para siempre por el mismo Dios.

Una vez que David y Saúl terminaron de hablar… Jonatán, por su parte, entabló con David una amistad entrañable y llegó a quererlo como a sí mismo.

1 Samuel 18.1, 2

EL REINADO DEL REY DAVID

1 Samuel 21 — 2 Samuel 12

David vivió como fugitivo durante muchos años después de separarse de su amigo Jonatán. Aunque no había hecho nada malo, tuvo que esconderse en cuevas y por el desierto para evitar que los soldados de Saúl lo capturaran, ya que lo buscaban por todas partes. Más de una vez, mientras le perseguía el rey Saúl, David tuvo la oportunidad de dejar de correr y poner fin a su temor y sufrimiento quitándole la vida al rey. Pero a pesar de la miseria de vida que vivía, o cuán injusto era que Saúl lo persiguiera, David rehusó hacer daño al escogido de Dios. Como resultado, siguió viviendo como fugitivo, temiendo por su vida.

A veces David recordaba ese fatídico día, muchos años atrás, cuando el profeta Samuel lo había ungido como el siguiente rey escogido. Ese día casi le parecía ahora un sueño muy lejano, y David se preguntaba si algún día regresaría a la seguridad de su hogar otra vez, y mucho menos si cumpliría alguna vez su papel como rey escogido de Dios.

Mientras tanto, la relación entre los filisteos y los israelitas había empeorado mucho. Las dos naciones estaban al borde de una guerra, y los filisteos se preparaban para atacar. Otra batalla irrumpió entre los dos ejércitos, y esta vez los filisteos fueron directamente a lo más alto, persiguiendo al rey Saúl y tres de sus hijos. Finalmente mataron a los tres hijos, incluyendo al querido amigo de David, Jonatán, y pronto tenían a Saúl rodeado.

Cuando Saúl vio la desesperada situación, llamó a su escudero. «Te ordeno», le dijo Saúl, «que me mates con tu espada para que los filisteos no tengan el honor de matarme».

«Haría cualquier cosa por usted, mi rey», respondió el escudero, «pero no puedo hacer eso».

Rodeado y lleno de desesperación, Saúl sacó su propia espada, se apoyó sobre ella y cayó al suelo, muerto.

Pocos días después, un hombre entró tambaleándose en el campamento de David. El hombre parecía estar de luto: tenía sus vestidos rasgados y su cabeza cubierta de polvo.

«¿Quién eres? ¿De dónde vienes?», le preguntó David al hombre.

«Soy amalecita, y escapé del campamento israelita. Se retiraron de la batalla porque murieron muchos», dijo el hombre, casi sin respiración. «¡Y el rey Saúl y sus hijos están muertos!».

«¿Su hijo Jonatán? ¿Cómo lo sabes?», le preguntó David.

«Sí. Los vi». El hombre, sosteniendo una corona polvorienta, dijo: «Esta es la corona de la cabeza del rey Saúl».

David y sus hombres rasgaron sus vestiduras y comenzaron a llorar. Hicieron luto por Saúl. Hicieron luto por Jonatán. Hicieron luto por el ejército y la nación de Israel, por todas las vidas que se habían perdido en la batalla.

Tras un tiempo, David sintió que era el momento de regresar a su hogar. Le preguntó a Dios: «¿Debería volver ya a casa en Judá?».

El Señor le dijo: «Sí, ve».

Entonces David le preguntó a Dios a qué ciudad debía ir específicamente, y el Señor le dirigió a Hebrón. Siguiendo las instrucciones de Dios, David y su familia viajaron a Hebrón y se establecieron allí.

Poco después, los hombres de Judá acudieron a David en Hebrón y lo ungieron como rey sobre la tribu de Judá.

Con el tiempo, la familia de David se fortaleció, mientras que la familia de Saúl se debilitó. Finalmente, David se convirtió en rey de todo Israel. Por fin, David vio la promesa cumplida que Dios le había dado a través de Samuel.

Cuando David se convirtió en rey de Israel, capturó la fortaleza sobre el Monte Sión y la nombró la Ciudad de David. Comenzó a reconstruir la ciudad, y cuando el rey Hiram de Tiro oyó acerca del nuevo rey de Israel, quiso estar en paz con él. Hiram envió troncos de cedro y constructores y canteros para construir un palacio para David. Dios también ayudó a David a derrotar a todos los enemigos de Israel. Pronto, el rey David y su familia se establecieron en el gran palacio y hubo paz en todos sus alrededores.

El rey David decidió llevar el arca del pacto a la Ciudad de David y ponerla en una tienda especial que David había diseñado para ella. Todo un desfile iba detrás del arca, con danza y celebración. Mientras David miraba a su alrededor a su bonito y nuevo palacio, se sintió mal de que el arca santa de Dios estuviera en una sencilla tienda.

«Voy a construir una casa de Dios donde poder poner el arca, y donde el pueblo pueda ir y adorarte», le declaró David a Dios.

Dios respondió: «¿No he estado yo siempre contigo? ¿Alguna vez te he pedido que me construyas mi propia casa de adoración en Israel o me he quejado por estar en una tienda? Yo estableceré mi propio lugar para adorar mi nombre, pero será tu hijo quien lo construya, durante su reinado como rey. Él será mi hijo y yo nunca retiraré mi amor de él, como hice con Saúl. Tu linaje y tu reino serán para siempre. Estableceré un hogar para mi pueblo Israel para que ellos también puedan vivir en paz».

«¿Quién soy yo, Dios?», respondió David, abrumado de gratitud. «¿Quiénes son los miembros de mi familia para que te intereses tanto por nosotros? No solo has cumplido tus promesas hasta hoy, sino que también hiciste maravillosas promesas para el futuro de mi familia. No hay otro como tú, Dios. No hay nadie tan fiable como tú. Tú has cumplido tus promesas. Tú has hecho tuyo a tu propio pueblo, y serás su Dios para siempre».

Aunque David era un buen rey, sirviendo y siguiendo al Señor, no fue un rey perfecto. Una noche, mientras muchos de los hombres estaban en el frente en la batalla, David caminaba por la azotea del palacio. Desde allí, pudo ver a una hermosa mujer bañándose abajo.

«¿Quién es esa mujer?», le preguntó a uno de sus hombres. «Ve, y averígualo».

«Es Betsabé, la esposa de Urías», respondió el hombre.

David decidió que no le importaba que la mujer ya estuviera casada. Pensaba que Betsabé era hermosa, y la quería para sí. Llevó a Betsabé al palacio para que estuviera con él, y después le escribió una carta a Joab, el comandante del ejército. «Pon a Urías en la primera línea de batalla», le dijo el rey. «Después retírate de la pelea para que se quede solo y muera».

Eso es exactamente lo que ocurrió. Enseguida le llegó la noticia a Betsabé de que su esposo había muerto en la batalla, y ella lloró la pérdida de su esposo.

Después de que Betsabé hizo luto por su esposo, David la llevó de regreso al palacio para hacerla su esposa. Tuvieron juntos un hijo, y todo parecía irle bien al rey David. No obstante, un día el profeta Natán se acercó a David y le contó un historia sobre un hombre rico y un hombre pobre. «El hombre rico tenía todo tipo de ovejas y ganado», explicó Natán. «Pero el hombre pobre solo tenía una pequeña ovejita. Había criado a esa ovejita con sus hijos, como si fuera otro miembro de su familia. El hombre le daba de comer a la ovejita de su propio plato e incluso se dormía abrazado a ella».

«Un día, el hombre rico tuvo una visita. Cuando llegó la hora de preparar la comida, el hombre rico no escogió una de sus ovejas o ganado para cocinarlo. En cambio, fue a casa del hombre pobre y tomó la ovejita que era como su hija, y cocinó para su visita la ovejita del hombre pobre».

Esto enfureció al rey David. «¿Quién es ese hombre?», demandó el rey. «Juro que quien haya hecho eso debe morir. También, debe pagar cuatro veces el costo de esa ovejita al hombre pobre».

«Ese hombre», dijo Natán, mirando al rey, «eres tú». David buscó el significado de las palabras de Natán, y Natán continuó: «El Señor dice: "Te he hecho rey sobre todo Israel. Te salvé de Saúl. Te di una familia, un palacio y todo Judá e Israel. Si eso no te hubiera sido suficiente, ¡yo te habría dado incluso más! Con todo lo que te he dado, ¿por qué mataste a Urías y tomaste su esposa para ti? Por esta razón, ahora habrá un gran conflicto en tu propia familia».

David meneó su cabeza triste y avergonzado. «He pecado contra Dios», dijo.

Natán se acercó más. «Dios ha perdonado tu pecado», dijo. «Sin embargo, por tus acciones, el hijo que has tenido con Betsabé no sobrevivirá».

Después de aquello, David le rogó a Dios por la vida de su hijo. No comía. No se levantaba. Se quedaba postrado, orando por su hijo. Sin embargo, a pesar de todos los ruegos de David, tras siete días el hijo del rey David murió.

Aunque Dios castigó a David por su pecado, también se mantuvo fiel a sus grandes promesas para David y su familia. De David y Betsabé nació otro hijo a quien llamaron Salomón. A través de Salomón, el nombre de David y su servicio al Señor continuarían. No solo eso, sino que un día del linaje de David, tal como lo prometió, nacería un rey como ningún otro rey: un Rey de reyes, un Señor de señores, un Salvador para el mundo.

ele

—¡He pecado contra el S<small>EÑOR</small>! —reconoció
David ante Natán.
—El S<small>EÑOR</small> ha perdonado ya tu pecado,
y no morirás —contestó Natán—. Sin
embargo, tu hijo sí morirá, pues con
tus acciones has ofendido al S<small>EÑOR</small>.

2 Samuel 12.13, 14

EL REY MÁS SABIO DE TODOS

1 Reyes 2—10

El rey David sabía que su tiempo en la tierra se estaba acabando. Como tenía otros hijos mayores, llamó a su hijo Salomón para coronarlo como el siguiente rey. «Ya no estaré en esta tierra mucho más tiempo», le dijo a Salomón. «Así que obedece al Señor, y tendrás éxito en todo lo que hagas. Dios ha prometido que si le somos fieles, nuestra familia siempre tendrá un rey sobre el trono».

Después de que el rey David fue enterrado, el rey Salomón viajó hasta Gabaón para adorar a Dios ofreciendo sacrificios. Dios habló a Salomón allí. «Dime qué quieres. Pídeme lo que quieras, y yo te lo daré».

«¡Oh Dios, tú has sido muy bueno con mi padre por su fidelidad», comenzó a decir Salomón. «Pero yo no tengo ni idea de cómo ser rey, ¡de cómo servir a todo tu pueblo! Por favor, guíame, muéstrame cómo ser un rey justo y recto».

«Salomón, podías haberme pedido cualquier cosa», le respondió Dios, «una vida larga y saludable, todas las riquezas del mundo o incluso la destrucción de tus enemigos. Pero en lugar de ello, me has pedido gobernar bien sobre mi pueblo. Por eso, te daré todo lo que has pedido y mucho más: sabiduría como ningún otro y riqueza sin igual. Si me obedeces, también tendrás una larga vida».

En ese momento Salomón se despertó. Había sido un sueño.

Salomón comenzó enseguida a mostrar la gran sabiduría que Dios le había prometido en su sueño. La gente a menudo acudía al rey para que les resolviera sus problemas o para tomar decisiones en situaciones difíciles. La palabra del rey, su decisión, se consideraba ley.

Se produjo un caso difícil en el que dos mujeres llegaron ante él, ambas afirmando ser la mamá del mismo niño. Salomón de inmediato supo lo que tenía que hacer.

«¡Una espada!», demandó el rey. «Corten al niño por la mitad, y denle una mitad a cada mamá».

«¡Está bien!», dijo una mujer. «¡Háganlo!».

«¡No, no lo hagan!», dijo la otra mujer gritando. «¡Denle el bebé a ella! Pero por favor, no lo maten».

«¡Alto! No hagan daño al bebé. Dénselo a ella», dijo el rey, señalando a la mujer que clamaba por la seguridad del niño. «Ella es la verdadera mamá, la que estuvo dispuesta a perderlo por salvarle la vida».

A partir de ese momento, el pueblo de Israel se quedó impresionado por la sabiduría de Salomón para juzgar a su pueblo. Personas de todas partes se enteraron de su sabiduría, y acudían para escuchar hablar a Salomón y oír sus juicios. Escuchaban su conocimiento sobre las plantas, los animales y la naturaleza, desde el árbol más alto a la planta más diminuta, desde mamíferos y reptiles hasta aves y peces. Poco después, todos llegaron a entender que la sabiduría de Salomón era de Dios.

Enseguida, Salomón comenzó a hacer los preparativos para la construcción del templo del Señor que su padre había querido construir. Ordenó que le trajeran por barco madera de cedro desde Tiro y que cortasen piedras de canteras cercanas y la llevaran para construir el templo. Cuando se consiguieron todos los materiales, Salomón supervisó la construcción. Se aseguró de que se terminase todo detalle bonito, desde las puertas de madera de olivo, tallada con querubines, palmeras y flores, hasta el oro para recubrir las tallas. Finalmente, después de siete años, el templo del Señor quedó terminado.

Cuando terminó de construir el templo, el rey Salomón construyó después un palacio para él y su familia. Parecía que la riqueza del reino de Salomón no tenían fin.

Se extendió la noticia de la riqueza y sabiduría de Salomón, y reyes y reinas viajaban para pasar tiempo con él y oír su conocimiento. Desde el sur del desierto de Arabia llegó la reina de Sabá. Le había llegado la noticia del éxito que Dios le había dado a Salomón, así que viajó a Jerusalén para verlo por sí misma. Llevó consigo camellos cargados de oro, especias y piedras preciosas. Le planteó acertijos a Salomón para probar la profundidad de su sabiduría.

Tras pasar algún tiempo con Salomón, la reina de Sabá le dijo: «Cuando escuché acerca de tu riqueza, sabiduría y todo lo que habías logrado, no me lo creía. Ahora que estoy aquí, sin embargo, veo que ni siquiera había escuchado la mitad de lo que veo. ¡Supera todo lo que había oído! Alabo a tu Dios por su gran amor por Israel y por escogerte como rey».

A lo largo del reinado de Salomón, Dios cumplió su promesa de darle a Salomón no solo gran sabiduría para gobernar a su pueblo, sino también más riqueza que ningún otro rey sobre la tierra. Al hacerlo, Dios dio gloria a su nombre a través de Salomón.

Cumple los mandatos del Señor tu Dios; sigue sus sendas y obedece sus decretos, mandamientos, leyes y preceptos, los cuales están escritos en la ley de Moisés. Así prosperarás en todo lo que hagas y por dondequiera que vayas.

1 Reyes 2.3

FUEGO DEL CIELO

1 Reyes 16—19

Tras la muerte del sabio rey Salomón, le siguieron otros reyes. Algunos fueron buenos y buscaron al Señor de todo corazón, pero muchos alejaron a los israelitas de Dios. Estos reyes malvados permitieron, e incluso fomentaron, que los israelitas adoraran a otros dioses e hicieran cosas que eran malvadas a los ojos de Dios. El rey Acab fue el más malvado de todos.

El rey Acab ordenó la construcción de otro templo: un templo para adorar a Baal, no a Dios. La esposa del rey Acab, Jezabel, adoraba a Baal y el rey Acab comenzó a adorar también a Baal.

Construir este templo a Baal fue tan solo una de las formas en que Acab guio a Israel por el perverso camino de la idolatría. Incluso intentó hacer que la adoración a Baal se constituyera en la religión oficial de la tierra. Finalmente, la mayoría de los israelitas se alejaron de Dios.

Como su pueblo se había alejado, Dios envió a uno de sus profetas, un hombre llamado Elías, para que le recordara al rey Acab que Él era el único Dios verdadero de Israel, y no Baal. «Tan cierto como que el Dios de Israel vive», dijo Elías hablando de Dios, «¡es que vendrá una sequía! No lloverá, ni habrá rocío, ni agua para sus cosechas. Esto durará años, desde ahora hasta que yo diga lo contrario».

Como Jezabel estaba intentando matar a los profetas, Dios le dijo a Elías que se escondiera cerca de un pequeño arroyo. «Aquí tendrás agua, y los cuervos te traerán tu comida», le dijo Dios. Cada día, mañana y tarde, descendían cuervos del cielo llevando a Elías una comida compuesta por pan y carne.

Al final de la hambruna, Dios envió a Elías a confrontar a Acab y al pueblo de Israel de nuevo sobre el hecho de haberle dado la espalda a Dios y adorar a Baal. Dios iba a hacer algo grande para captar su atención y convencerlos de que volvieran a Él, el único Dios verdadero.

Elías mandó decir al rey Acab que fuera a verlo.

Cuando llegó el rey Acab, le dijo a Elías: «¡Ah, mira, es el mayor alborotador de Israel!».

«No soy yo el alborotador», respondió Elías. «¡Eres tú quien se alejó de Dios para adorar a Baal! Terminemos con este asunto de una vez por todas. Convoca a todo Israel, y a los cuatrocientos cincuenta profetas de Baal, y encontrémonos en la cumbre del Monte Carmelo».

El rey envió su mensaje, y todos se reunieron en el Monte Carmelo. Elías se paró delante de ellos y dijo: «¿Hasta cuándo intentarán servir a Dios y a Baal? Es sencillo. Si el Señor demuestra ser el Dios verdadero, entonces síganlo a Él. Si Baal es el dios verdadero, síganlo a él».

La multitud reunida le miraba fijamente en silencio, pero Elías no dudó.

«Consigan dos toros, uno para mí y otro para los profetas de Baal», continuó. «Preparemos cada uno nuestro toro y pongámoslo en el altar, sin encender la madera. Ustedes invocarán a su dios, y yo invocaré a mi Dios. El que responda enviando fuego del cielo sobre el altar será el Dios verdadero».

La multitud asintió, dando su aprobación con emoción, y miraban mientras los profetas de Baal preparaban su sacrificio. Cuando terminaron de preparar su sacrificio, los cuatrocientos cincuenta profetas comenzaron a orar y a invocar el nombre de Baal. Gritaron y danzaron durante horas, pero no respondió nadie.

«Quizá está ocupado, o de vacaciones, o durmiendo una siesta», dijo Elías. «¡Griten más fuerte!».

Eso es lo que hicieron los profetas de Baal. Gritaron hasta que se quedaron sin voz. Se hacían cortes con espadas, se clavaban las lanzas, y ofrecían su propia sangre a cambio de conseguir la atención de su dios.

A pesar de todos sus esfuerzos, no sucedió nada. Nadie respondió. Baal ni siquiera acudió a su propio festival, porque era un dios falso.

«Está bien, está bien, ahora, ¡acérquense aquí!», dijo Elías. Todo el pueblo se reunió alrededor de un altar a Dios que anteriormente había sido destruido. Observaban mientras Elías apilaba las piedras, una por cada tribu, hasta que las doce tribus de Israel estuvieran representadas de nuevo.

Después comenzó a cavar alrededor del altar, creando una profunda zanja. Colocó la madera sobre el altar, y entonces puso los pedazos del toro sobre la madera.

Elías no había terminado aún. Envió a alguien para que le llevara cuatro tinajas grandes de agua. «Ahora viertan el agua sobre el sacrificio y sobre la madera», ordenó. Ellos hicieron lo que él dijo, derramando el agua sobre todo el altar, la madera y la ofrenda.

«Ahora vuelvan a hacerlo», les dijo, así que ellos lo hicieron.

«Háganlo por tercera vez», dijo Elías, y así lo hicieron. El agua cubría toda la carne, empapó la madera y llenó la zanja.

Todos los ojos estaban puestos sobre Elías mientras se dirigía hacia el altar y comenzaba a orar. Dijo: «Oh Señor, Dios de Abraham, de Isaac y de Jacob, muestra a estas personas tu poder hoy; permíteles ver que eres su Dios y que yo soy tu siervo. Respóndeme, Dios, para que todos te vean y te sirvan».

Tras la última palabra que salió de la boca de Elías, un feroz fuego cayó del cielo. Quemó el sacrificio. Quemó la madera. Quemó la tierra, las piedras y el agua de la zanja.

De inmediato, el pueblo se postró en tierra atónito y maravillado, gritando: «¡Él es Dios! El Señor es Dios, ¡el único Dios verdadero!».

Los profetas de Baal no duraron mucho después de eso, ni tampoco duró la sequía. Las alabanzas del pueblo de Dios se elevaron con el viento y se filtraron entre las nubes, liberando una refrescante lluvia sobre todo Israel.

Sin embargo, había una persona que no asistió al evento ese día. Cuando su esposo le contó lo que Elías había hecho, Jezabel se enfureció. Allí mismo, juró solemnemente acabar con la vida de este problemático Elías de una vez por todas.

Elías huyó y se escondió. Estaba metido en una cueva cuando el Señor vino a él y le dijo: «¿Qué haces aquí, Elías?».

«Te he servido de todo corazón, Señor», comenzó a decir Elías. «Ahora yo soy el único de tus profetas, ¡y ellos intentan matarme!».

«Regresa», le respondió el Señor. «Regresa por donde viniste y unge a Eliseo como el siguiente profeta. Unge a Jehú como rey sobre Israel y a Azael como rey sobre Judá. Ellos ayudarán a guiar a mi pueblo y a restaurarlos a mí».

Elías hizo como Dios le dijo. Ungió a Eliseo como el siguiente profeta, sabiendo, así como los profetas antes que él y los profetas que vendrían, que solo hay un Dios verdadero. El Dios de Israel, el Dios de todos, es un Dios que ama, oye y responde cuando las personas claman a Él. Él está ahí para amar, guiar e incluso proveer milagrosamente. Él es un Dios personal que no demanda sangre como pago por su atención. Por el contrario, Él ofreció la vida de su propio Hijo como intercambio por todos aquellos que le habían dado la espalda.

Hay un solo Dios, el único Dios verdadero.

ele

Elías se presentó ante el pueblo y dijo:
—¿Hasta cuándo van a seguir indecisos? Si
el Dios verdadero es el SEÑOR, deben
seguirlo; pero, si es Baal, síganlo a él.
El pueblo no dijo una sola palabra.

1 Reyes 18.21

¡Respóndeme, Señor, respóndeme, para que
esta gente reconozca que tú, SEÑOR, eres Dios,
y que estás convirtiéndoles el corazón a ti!».

1 Reyes 18.37

EL PROFETA ENOJADO

El libro de Jonás

U n día, Dios le pidió al profeta Jonás que viajara a la ciudad de Nínive, para advertirles que debían arrepentirse de su maldad. Jonás no quería ir a los ninivitas, los enemigos de su pueblo, ¡y hablarles! Por el contrario, Jonás tenía su propio plan: viajaría lo más lejos posible de Nínive.

Jonás ya lo había visto una y otra vez, y estaba cansado de ello: Dios enviaba a alguien a advertir al pueblo más malvado, y cuando esa persona iba, el pueblo se arrepentía, dejaban de ser malvados y Dios les perdonaba. Jonás no iba a hacer eso. Él quería ver cómo ese pueblo malvado de Nínive finalmente recibía lo que merecía.

Por lo tanto, en vez de ir a Nínive, Jonás se metió en un barco que lo llevaría a Tarsis, a unas 2.000 millas (3.000 kilómetros) en dirección contraria de donde Dios le había mandado ir. Jonás pagó el boleto, subió a bordo, y se fue bajo cubierta a dormir una siesta. Mientras dormía, el viento comenzó a soplar y las olas comenzaron a crecer. Se levantó una feroz tormenta, que sacudía y zarandeaba el barco y ponía en peligro las vidas de todos los que estaban a bordo.

«¡Escuchen esa tormenta!», gritó uno de los marineros. «¡Está destrozando el barco!».

Los hombres arrojaron parte del cargamento por la borda para aligerar la carga, pero no sirvió de mucho. La tormenta seguía rugiendo. Las olas golpeaban contra la proa, inundando el barco y sacudiéndolo hacia todos lados en el furioso mar.

Mientras caminaba por el barco, el capitán observó algo extraño; era Jonás, ¡durmiendo en medio de la tormenta! «¿Cómo puedes dormir en este momento?», gritó el capitán, despertando a Jonás. «Levántate y ora a tu Dios, ¡o de cierto moriremos en esta tormenta!».

Los marineros habían intentado todo lo que sabían hacer, pero nada parecía ayudar. Finalmente, decidieron que debía ser que algún dios estaría castigando a alguna persona de las que iban en el barco. Decidieron echarlo a suertes para ver quién era el responsable. Cuando lo hicieron, la suerte señaló a Jonás como el responsable de su angustia. «¿Quién eres tú?», le preguntaron. «¿De dónde eres? ¿Por qué nos estás causando todos estos problemas?».

Jonás inclinó su cabeza. «Esto ha sucedido porque estoy huyendo», le dijo a la tripulación. «Soy hebreo y adoro al Señor, el Dios del cielo, quien hizo el mar. Esto nos está ocurriendo porque estoy huyendo de Él».

«¿Y qué debemos hacer?», le preguntaron, aterrados.

«Arrójenme», les dijo Jonás.

«Arrojarte, ¿dónde?», preguntaron los marineros, intercambiando miradas.

«Arrójenme al mar, y esta tormenta se detendrá», gritó Jonás en medio del sonido de las olas y el viento. «Yo soy la causa de esta tormenta. Yo soy la causa de que todos estén en peligro».

En vez de seguir la sugerencia de Jonás, los hombres intentaron remar de vuelta a tierra firme. Sin embargo, cuando lo intentaron, la tormenta se enfureció más y los sacudía con más fuerza aún. Finalmente, aterrados, hicieron lo que Jonás les pidió. Primero oraron al Dios de Jonás, pidiéndole que no los castigara por la muerte de este hombre. Después lo arrojaron al mar.

De inmediato, el mar se calmó. Los marineros se quedaron asombrados. Todos en el barco comenzaron a adorar al Dios de Jonás.

Mientras tanto, Jonás se hundía bajo las olas y vio la oscura sombra de la muerte que se acercaba a buscarlo. Entonces se dio cuenta de que no era la sombra de la muerte, sino un gran pez, y se tragó a Jonás entero.

Los tres días siguientes fue allí donde estuvo Jonás: en el vientre de un pez. Durante ese tiempo en la oscuridad y humedad del vientre del pez, Jonás comenzó a tener una nueva perspectiva. Oró: «Oh Dios, gracias por oír mi clamor. Aunque las olas azotaban a mi alrededor amenazando con acabar con mi vida, tú oíste mi oración. Me rescataste. Merecía morir, pero tú me salvaste. Aunque todos se aparten de tu amor, yo te alabaré. Te serviré. Recordaré y proclamaré que de ti viene la salvación».

Al terminar la oración de Jonás, se produjo un estruendo. Una fuerza que chapoteaba comenzó a empujarlo hacia delante y hacia arriba, hasta que, en un instante, salió de la boca del pez y cayó otra vez en tierra seca. Jonás se sentó por un momento y recobró su sentido, ajustando sus ojos a la luz cegadora del sol.

«Jonás», la voz de Dios lo llamó de nuevo, «ve a Nínive y entrega el aviso que te he pedido que les des».

Esta vez, Jonás se levantó y se dirigió directamente donde Dios lo estaba llamando. Cuando Jonás advirtió a este pueblo, entregándoles el mensaje que Dios le había dado, los ninivitas se lamentaron y se volvieron de su maldad. Por la advertencia de Dios dada por Jonás, la ciudad de Nínive se salvó de la destrucción.

En vez de estar feliz porque su mensaje había salvado las vidas de los ninivitas, Jonás se enojó. «Ves, Dios», dijo él, «¡por eso no quería ir! Sabía que tú serías misericordioso con ellos».

«¿Por qué te enojas por eso?», le preguntó Dios. «Deberías estar feliz por mi misericordia».

Jonás se sentó fuera de la ciudad y observó para ver si le ocurría algo a Nínive. Mientras esperaba, Dios hizo que una planta creciera por encima de Jonás y lo protegiera del sol, dándole sombra. Al día siguiente, cuando Jonás aún estaba allí, Dios hizo que un gusano se comiera la planta, causando que se secara y muriera.

De nuevo, Jonás se enojó.

«Tú te enojas con esta planta», dijo Dios. «Sin embargo, tú ni la plantaste, ni la regaste, ni la hiciste crecer. ¿No debería estar yo más preocupado por Nínive, que tiene más de cien mil personas, que tú por esta planta?».

Ese día, Jonás entendió la gran misericordia de Dios, el gran cuidado que tiene de su pueblo. Como Dios envió a Jonás a advertir a Nínive, el pueblo se volvió de su maldad y fue salvado. Como Dios envió a un pez gigante para que se tragase a Jonás, así también él recibió misericordia y fue salvado.

A través de las historias de su pueblo, una y otra vez Dios muestra lo mucho que los ama, y cuánto anhela tener una relación con ellos. Mucho antes de que Jesús viniera a la tierra para ofrecer gracia eterna, Dios ya estaba dando gracia a su pueblo. Ya fuera a través de un profeta, o un pez, o a través de su propio Hijo, Dios siempre encuentra una manera de salvar a su pueblo con su gracia.

ele

Al ver Dios lo que hicieron, es decir, que
se habían convertido de su mal camino,
cambió de parecer y no llevó a cabo la
destrucción que les había anunciado.

Jonás 3.10

Y de Nínive, una gran ciudad donde
hay más de ciento veinte mil personas
que no distinguen su derecha de
su izquierda, y tanto ganado, ¿no
habría yo de compadecerme?

Jonás 4.11

LA PESADILLA
DE UN GRAN REY

Daniel 1—2

Al ver que los israelitas seguían apartándose de Dios para adorar ídolos, Él tuvo que disciplinarlos. Lo hizo dejando que algunas naciones extranjeras los gobernaran. La situación llegó a ser tan mala que, finalmente un gran número de israelitas fueron capturados y llevados al exilio en Babilonia. El rey Nabucodonosor, rey de Babilonia, atacó Jerusalén y la destruyó, llevando a muchos de sus habitantes consigo a Babilonia. El rey le dijo a su oficial principal: «Tráeme a los mejores jóvenes israelitas para que me sirvan en mi corte». Así que el oficial fue a los israelitas y escogió hombres jóvenes entre las familias nobles que fueran apuestos, inteligentes y capaces de servir.

Cuatro de estos jóvenes eran Daniel, Ananías, Misael y Azarías. Fueron entrenados durante años en la cultura y costumbres de Babilonia para prepararlos para sus nuevas posiciones. Estos jóvenes fueron educados en el lenguaje, las artes y la religión de Babilonia antes de ser presentados al rey para su servicio. Incluso les dieron nuevos nombres para recordarles que ya no eran israelitas, hijos de Dios, sino que ahora pertenecían a Babilonia. A Daniel lo llamaron Belsasar, Ananías se convirtió en Sadrac, Misael fue nombrado Mesac y Azarías recibió el nombre de Abednego. Con el tiempo, según hablaba el rey con estos jóvenes, se dio cuenta de que eran más sabios que los magos y encantadores: los hombres más sabios que había en su corte.

Una noche, el rey Nabucodonosor se desveló por unos sueños que estaba teniendo. Llamó con urgencia a todos sus sabios, sus magos y encantadores, astrólogos y hechiceros.

«¡Díganme lo que significa mi sueño!», ordenó. «En verdad, si ustedes son verdaderamente sabios, ya deberían saber cuál fue mi sueño. Si no, entenderé que todos me están mintiendo. Por lo tanto, si no me pueden decir lo que vi en mi sueño y lo que significa, ¡les haré pedazos y derribaré sus casas!».

«Pero, su majestad», rogaron los sabios, «¡nadie podría hacer eso! Nadie podría saber qué fue lo que soñó, salvo los dioses».

«¡Mátenlos!», ordenó el rey. «¡Mátenlos a todos!».

Inmediatamente los oficiales fueron en busca de todos los sabios de la corte del rey, incluidos Daniel y sus amigos.

Cuando hallaron a Daniel y le explicaron lo que estaba sucediendo, Daniel dijo: «¡Esperen! ¡No maten a todos los sabios! Yo explicaré el sueño del rey».

Los oficiales llevaron a toda prisa a Daniel ante el rey. «Y bien», preguntó el rey, «¿eres tú capaz de decirme lo que soñé? ¿Puedes explicármelo?».

«Ningún hombre, por muy sabio que sea, podría darle lo que usted pide», comenzó Daniel. «Sin embargo, el Dios del cielo sí puede. Deme algo de tiempo y yo interpretaré su sueño».

Daniel regresó y se reunió con sus amigos. Les contó lo que había ocurrido, y juntos oraron pidiendo la ayuda y misericordia de Dios. Esa noche, Dios le reveló el sueño del rey a Daniel en una visión.

Al día siguiente, Daniel volvió a ver al rey y comenzó a describirle exactamente lo que había soñado. Daniel dijo: «Este es el sueño, oh rey, que usted tuvo: había una gran estatua hecha de oro puro, con el pecho y los brazos de plata, el vientre y los muslos de bronce, las piernas de hierro y los pies de hierro y barro. Usted vio una roca que fue lanzada, pero no por manos de hombres. La roca chocó contra los pies de la estatua, aplastándolos y haciendo que toda la estatua cayera. Después, la roca que fue lanzada se convirtió en una montaña, la cual llenaba la tierra».

El rey escuchaba mientras Daniel continuaba explicándole el sueño. «Usted, rey Nabucodonosor», dijo Daniel, «es la cabeza de oro, pero después de usted habrá un reino menor, hasta que finalmente se forme un reino tan fuerte como el hierro. Los pies de hierro y barro son ese reino cuando se divida. La roca no hecha por manos humanas es un reino que Dios hará surgir para poner fin a los otros reinos. Ese reino durará para siempre».

El rey Nabucodonosor se quedó sentado y estupefacto. Cuando Daniel terminó de hablar, el rey se postró en tierra delante de él, diciendo: «¡Tu Dios es el Dios de dioses! ¡Solo Él puede revelar estos misterios a los hombres!».

El rey nombró a Daniel gobernador sobre toda Babilonia y sus sabios. Daniel le pidió al rey que también pusiera a Sadrac, Mesac y Abednego en posiciones de poder sobre Babilonia, y Nabucodonosor así lo hizo. Daniel hizo su trabajo en el palacio, y sus tres amigos trabajaron en la ciudad de Babilonia.

En los días de estos reyes el Dios del cielo establecerá un reino que jamás será destruido ni entregado a otro pueblo, sino que permanecerá para siempre y hará pedazos a todos estos reinos.

Daniel 2.44

EL HORNO
DE FUEGO

Daniel 3

N o mucho después de esto, sin embargo, el rey Nabucodonosor hizo una estatua de oro enorme y decretó que todos
sus oficiales debían asistir a la ceremonia de dedicación de la
misma. «Cuando escuchen la música real, ¡deben postrarse de
inmediato y adorar la estatua!», ordenó el rey. «Si no lo hacen,
¡serán arrojados a un horno de fuego!».

Por lo tanto, claro está, en cualquier lugar donde la gente escuchaba la música, se postraba y adoraba la estatua de oro, tal y
como se les había dicho. Poco después, algunos de los oficiales
fueron al rey Nabucodonosor con noticias acerca de tres judíos
que no estaban obedeciendo las órdenes del rey.

El rey se enfureció y envió a buscar a los tres hombres. Cuando Sadrac, Mesac y Abednego fueron llevados ante el rey, él les
preguntó: «¿Es esto cierto? ¿Es cierto que no quieren adorar la
estatua de oro que he levantado? Voy a darles una oportunidad
de demostrar su obediencia. Cuando oigan la música, póstrense
y adoren la estatua. Si no lo hacen, serán arrojados al horno de
fuego, ¡de donde ningún dios podrá salvarles!».

«Su majestad, conocemos la ley, y sabemos cuál es el castigo», respondieron. «Pero solo nos postramos ante un Dios, el

único Dios verdadero, que es plenamente capaz de librarnos de cualquier cosa, incluso de su horno de fuego si Él así lo decide. Sin embargo, aunque no decida hacerlo, nosotros nunca nos postraremos ante sus dioses ni su estatua».

Esto hizo que el rey se enfureciera tanto que gritó: «¡Calienten el horno! ¡Caliéntenlo siete veces más de lo acostumbrado!».

El rey llamó a sus soldados más poderosos. Ellos ataron a Sadrac, Mesac y Abednego y los llevaron hasta el horno de fuego. El fuego del horno era tan intenso que mató a los soldados cuando abrieron la puerta para que entraran Sadrac, Mesac y Abednego.

Mientras el rey contemplaba cómo llevaban a cabo el castigo, se puso en pie sorprendido. «¡Qué está pasando! ¿No arrojamos a tres hombres en el horno?», preguntó.

«Sí, su majestad», respondieron los oficiales del rey.

«Entonces, ¿quién es el cuarto hombre? Parece un hijo de los dioses», dijo el rey, viendo la figura de alguien que estaba de pie junto a los tres hombres. El rey se acercó hasta el horno y dijo: «Sadrac, Mesac y Abednego, ¡salgan ahora mismo!».

Al instante, los tres hombres salieron del horno de fuego, del mismo modo que habían entrado. El rey y sus consejeros no podían creer lo que estaban viendo. Mientras los soldados del rey habían muerto solo por el calor que salía del horno, estos tres hombres habían estado metidos entre las llamas, pero ni siquiera sus ropas se quemaron. No solo eso, sino que ni su cabello se había chamuscado, ¡y ni siquiera olían a humo!

Cuando el rey Nabucodonosor finalmente encontró las palabras para hablar, gritó: «¡Alabado sea el Dios de Sacrac, Mesac y Abednego! Ellos creyeron y confiaron en Él, ¡y los salvó!».

Tras el incidente, el rey ascendió a Sadrac, Mesac y Abednego una vez más, y juró castigar a cualquiera que se atreviera a hablar en contra de su Dios.

Si se nos arroja al horno en llamas, el Dios al que servimos puede librarnos del horno y de las manos de Su Majestad. Pero, aun si nuestro Dios no lo hace así, sepa usted que no honraremos a sus dioses ni adoraremos a su estatua.

Daniel 3.17, 18

EN EL FOSO DE LOS LEONES

Daniel 6

Cuando Nabucodonosor murió, Daniel continuó su trabajo en el reino de Babilonia bajo el reinado del siguiente rey. El rey Darío parecía estar igual de impresionado con Daniel como lo había estado el rey Nabucodonosor. Darío tenía 120 gobernantes por todo el reino, y puso a tres hombres a cargo de esos gobernantes. Daniel era uno de esos tres. De hecho, Daniel era un gobernador tan bueno que el rey pensaba ascenderlo como líder sobre todo el reino. Cuando los demás gobernadores escucharon eso, se pusieron celosos.

«Tenemos que encontrar la manera de hacer que Daniel fracase», susurró uno de los gobernadores.

«¿Pero cómo?», preguntó un segundo gobernador. «Él no engaña, no miente, ¡nunca hace nada malo!».

«Creo que sé cómo», dijo un tercero con una sonrisa.

Después, esos gobernadores fueron delante del rey Darío con una propuesta. «¡Oh, buen y honorable rey Darío», comenzaron, «hagamos una ley nueva para honrarle».

«Escucho», dijo el rey.

«Hagamos una ley mediante la cual todas las personas tengan que orar a usted, y solo a usted, durante los próximos treinta días», sugirió un gobernador.

«Si alguien no lo hace», se unió el segundo, «¡tal persona será arrojada al foso de los leones!».

«Y asegúrese de ponerla por escrito para que nadie la pueda cambiar», añadió el tercero. Sin pensarlo dos veces, Darío convirtió la propuesta de los hombres en una ley.

Daniel se enteró de la nueva ley del rey, por supuesto, pero siguió con su rutina diaria. Tres veces al día, ascendía tranquilamente a su aposento alto y buscaba las ventanas que miraban hacia Jerusalén. Se ponía de rodillas y oraba a Dios, dándole gracias y pidiéndole su guía.

Afuera de la ventana de Daniel, escuchándolo orar, estaban esos mismos gobernadores que habían sugerido la nueva ley al rey. Tras ver a Daniel orando, rápidamente fueron a hacerle otra visita al rey.

«Oh, rey Darío», comenzó el primero, «¿no acaba de hacer una nueva ley por la que todos deberían orar solo a usted?».

«¿Y solo a usted?», se unió el segundo.

«¿Y si no, sería arrojado al foso de los leones?», preguntó el tercero.

«Sí», dijo el rey. «¿Por qué me lo preguntan?».

«Bueno, es que ese gobernador, Daniel, no obedece en absoluto esa ley», dijo el primer gobernador.

«Él sigue orando a su Dios», comentó el segundo.

«Tres veces al día», añadió el tercero.

El rey frunció el ceño y retorció sus manos. ¡Daniel era su gobernador más fiable y el mejor de todos! Sin embargo, ¡esta ley no se podía cambiar! El rey habló con sus consejeros. Buscó alguna fisura en la ley mediante la cual poder salvar a Daniel, pero no había nada que pudiera hacer.

Finalmente, el rey dio la orden de sacar a Daniel para que recibiera su castigo. Mientras Daniel era arrojado al foso de los leones, el rey lo llamó desde afuera, diciéndole: «¡Espero que el Dios al que sirves tan fielmente te rescate!». El rey observaba mientras los soldados corrían una pesada piedra sobre la puerta del foso. Triste y frustrado, Darío regresó al palacio a esperar.

El rey no comió. No durmió. Se quedó despierto, esperando que llegase la mañana para poder regresar y ver si Daniel había sobrevivido. En cuanto se asomó el sol por el horizonte, el rey fue corriendo al foso de los leones.

«¿Daniel? ¿Daniel?», le llamó el rey. «¿Te ha rescatado tu Dios de los leones?».

«¡Su majestad!», respondió una voz desde el foso de los leones. «Dios envió a su ángel para cerrar la boca de los leones. ¡Él sabía que yo era inocente!».

«¡Sáquenlo de ahí!», ordenó el rey. «Sáquenlo de ahí, ¡ahora!». Cuando Daniel salió del foso de los leones, no tenía ni un arañazo.

«Ahora», dijo el rey a sus soldados, «vayan a buscar a esos hombres que intentaron deshacerse de Daniel. Que pasen algún tiempo en el foso de los leones».

El rey Darío dio una orden más. Dijo: «Que todo el mundo en mi reino honre al Dios de Daniel. Él rescata, salva y vive para siempre».

Al igual que sus amigos Sadrac, Mesac y Abednego, Daniel había demostrado de nuevo a todo el reino de Babilonia el poder de su Dios. Sencillamente siendo fiel, haciendo lo que sabía que tenía que hacer, Daniel dio a conocer el poder de Dios a los que no lo habían conocido aún.

Cuando Daniel se enteró de la publicación del decreto, se fue a su casa y subió a su dormitorio, cuyas ventanas se abrían en dirección a Jerusalén. Allí se arrodilló y se puso a orar y alabar a Dios, pues tenía por costumbre orar tres veces al día.

Daniel 6.10

UNA HUÉRFANA SALVA A SU PUEBLO

El libro de Ester

Pasados muchos años, el rey de Persia conquistó Babilonia. Este rey, el rey Ciro, permitió que los israelitas regresaran a casa, de nuevo a su propio país. En ese entonces, sin embargo, muchos de los israelitas estaban prosperando en el nuevo país y no querían irse. Años después, aún había israelitas viviendo en el imperio persa.

Ester, cuya familia había decidido quedarse y vivir en Persia, había perdido a sus padres cuando era una niña.

El primo de Ester, Mardoqueo, se había ocupado de criarla como su propia hija tras la muerte de sus padres. Ella creció y se convirtió en una bella joven, que vivía establecida con su tío y haciendo una vida normal en la ciudad de Susa.

Pero en otro lugar de la ciudad de Susa, había un problema en el palacio. Al rey Asuero le encantaba hacer grandes fiestas con mucha comida y bebida. Durante una de esas fiestas, exigió que sus siervos le llevaran a su esposa, la reina Vasti. Quería presumir de su belleza ante sus invitados, pero la reina Vasti se negó a ir.

El rostro del rey ardió de furia, y demandó tener una conferencia con sus sabios.

«¿Qué debemos hacer con una reina que desobedece a su rey?», preguntó Asuero.

«Si se extiende la noticia», dijo uno de los sabios, «¡todas las mujeres de la tierra actuarán del mismo modo!».

Como castigo, y para impedir que se produjera un estallido de rebeldía, se decidió que la reina Vasti fuera reemplazada. ¡Comenzó así la búsqueda de una nueva reina! Los sirvientes del rey llevaron jóvenes doncellas al palacio procedentes de toda la región. Estas mujeres recibirían tratamientos de belleza durante todo un año antes de presentarse ante el rey.

Cuando los siervos del rey vieron a Ester, quedaron muy contentos con su belleza y le invitaron al palacio. Ester fue con ellos para recibir su año de tratamientos de belleza y conocer al rey. Hizo todo lo que le dijeron hasta que finalmente llegó el momento de ser presentada ante el rey. A medida que el rey pasaba tiempo con ella, le impresionó su belleza y su gracia, y le favoreció más que a todas las demás jóvenes.

«¡Traigan la corona!», gritaron los siervos. «¡El rey Asuero ha encontrado una nueva reina!». Sonidos de celebración recorrieron el palacio y toda Susa. El rey organizó un gran banquete, celebrando a su nueva reina, la reina Ester. Asuero incluso declaró el día como fiesta pública y lo celebró dando regalos a todo el pueblo.

Una vez que Ester se estableció en su papel como reina, Mardoqueo le advirtió que no le dijera a nadie que era judía. Él sabía que a algunas personas en Susa no les gustaba el pueblo de Dios y podría provocarle problemas si llegaban a enterarse.

Mardoqueo mismo estaba al servicio del rey, y pasaba sus días en la puerta del rey, viendo los muchos negocios y reuniones que se celebraban allí.

Un día, Mardoqueo escuchó una conversación acerca de un plan para matar al rey, así que lo reportó a la reina Ester. Los hombres detrás de la trama fueron arrestados, y el rey se salvó. La lealtad de Mardoqueo y su servicio al rey fueron escritos en el libro de sucesos del rey.

También vivía en Susa un hombre llamado Amán, uno de los nobles del rey. Amán había recibido los honores más altos del rey, y dondequiera que iba Amán, era de esperar que la gente se postrara ante él. Todos hacían lo que Amán esperaba, menos un hombre.

«¿Por qué no te postras ante Amán?», demandó uno de los oficiales.

«Porque soy judío», respondió Mardoqueo. «Yo solo me postro ante mi Dios, el único Dios verdadero».

Cuando el oficial le dijo por qué Mardoqueo rehusaba postrarse, Amán se enojó tanto por esa muestra de desafío que decidió matar no solo a Mardoqueo, sino también a todos los judíos del reino.

Amán fue ante el rey y dijo: «Algunas personas en este reino no solo tienen distintas costumbres y adoran a un dios distinto, sino que tampoco obedecen los mandatos del rey». Amán fue tan persuasivo que convenció al rey para que firmase un decreto ordenando la destrucción de todos los judíos de Persia. Lo que

el rey Asuero no sabía, sin embargo, era que acababa de firmar la sentencia de muerte para su propia reina.

Cuando Mardoqueo se enteró del decreto, se entristeció mucho. Rasgó sus vestidos, se vistió de cilicio y se cubrió de cenizas, y caminaba por las calles de la ciudad llorando con fuerza. Cuando Ester se enteró de esto, le envió ropa limpia a Mardoqueo y le preguntó qué sucedía.

Mardoqueo simplemente le envió una copia del decreto, el decreto que ordenaba la muerte de los judíos, y le imploró su ayuda a la reina Ester.

Ester envió de inmediato una contestación a Mardoqueo. «¡No lo entiendes!», dijo ella. «No puedo entrar ante el rey para hablar con él sin que me haya llamado para verlo. Si entro ante el rey sin permiso ¡puede matarme!».

«Pero, Ester», suplicó Mardoqueo, «quizá Dios te hizo reina para este mismo tiempo, para este mismo propósito».

Ester estaba aterrada, pero sabía que Mardoqueo tenía razón. «Reúne a todos los judíos para que ayunen y oren por mí», dijo ella. «Nosotros haremos lo mismo. Después de tres días, me presentaré ante el rey. Haré lo que pueda para salvar a mi pueblo, y si muero, que muera».

Después de tres días, Ester se puso su mejor vestido y entró temblorosamente en la sala del rey. Cada pisada parecía hacerse eco de una premonición: *¡Boom! ¡Boom! ¡Boom!* Se detuvo en la sala interior, donde el rey podía verla, y respiró hondo.

Cuando el rey Asuero notó su presencia, se alegró de verla y la llamó ante él. «¿Qué ocurre, Ester?», dijo él. «¿Qué puedo darte? ¡Te daré hasta la mitad de mi reino si me lo pides!».

«Verá, mi rey», comenzó ella, «venía para ver si usted y Amán podían tener una cena conmigo».

«¡Vayan!», dijo el rey a sus siervos. «Busquen a Amán para que Ester pueda tener lo que desea».

Mientras cenaban, el rey le preguntó a Ester: «Ahora, dinos, ¿qué podemos hacer por ti?».

Ester miró al rey. «Bueno, me preguntaba si quizá podríamos volver a comer mañana».

El rey levantó una ceja, y después sonrió. Dijo: «¡Mañana será! ¿Verdad, Amán?».

Amán no se podía creer lo afortunado que era. Primero, el rey le había dado los mayores honores, y ahora la reina misma le estaba invitando a una segunda cena privada con el rey. Esa noche, se fue a casa y alardeó ante sus amigos y familiares sobre su buena fortuna.

«Aun así», admitía Amán ante ellos, «toda mi felicidad desaparece cuando veo a ese judío Mardoqueo sentado a la puerta».

«Pues deshazte de él», sugirieron su esposa y sus amigos. «Haz una gran horca para colgarlo, y por la mañana pide al rey que lo cuelguen. Así podrás ir y disfrutar de tu cena con la reina». A Amán le encantó la idea y dio órdenes de que construyeran la horca.

A la misma vez que Amán estaba construyendo la horca para colgar a Mardoqueo, el rey estaba teniendo problemas para conciliar el sueño. Pidió que le leyeran los sucesos del reino. Conforme escuchaba, los sucesos hablaban de un hombre que había destapado una trama para matar al rey.

«¡Esperen!», interrumpió el rey. «¿Qué le hicimos a ese hombre, el que me salvó la vida?».

«Nada, su majestad», respondió el siervo.

En ese momento, Amán entró en la sala del rey. «Amán, mi hombre de confianza», le preguntó el rey, «¿qué deberíamos hacer por un hombre al que me gustaría honrar?».

Amán sonrió para sí, pensando: *¿A quién más iba a querer honrar el rey sino a mí?* Se aclaró la garganta y respondió: «Bueno, en primer lugar, yo lo vestiría con la propia capa real del rey. Después le daría el propio caballo del rey, ya sabe, ¿el que lleva el pequeño adorno real en su cabeza? Ese». Amán cerró los ojos, caminando mientras hablaba, imaginándose todo. Después continuó: «Y le dejaría vestir la capa y montar en el caballo por todas las calles mientras alguien proclama delante de él: "¡Atención, miren todos!". ¡Así es como trata el rey a los que quiere honrar!».

«¡Sí! ¡Perfecto!», exclamó el rey, dando una palmada. «Ahora ve y haz todo eso que has dicho, hasta el último detalle, para Mardoqueo, ¡el judío!».

Amán se quedó aterrado al darse cuenta de lo que el rey le acababa de ordenar. Estaba intentando deshacerse de Mardoqueo por completo, ¿y ahora el rey quería que Amán lo honrara? Amán nunca se había sentido tan humillado. Al día siguiente, sin embargo, tal como estaba planeado, Amán tenía que reunirse con el rey y la reina para cenar.

«Dime», le volvió a preguntar el rey a Ester, «¿cuál es tu deseo? Sea lo que sea, lo tendrás».

«Su majestad», ella alzó su vista para mirarlo, «realmente tengo una petición; por favor, perdóname la vida y la de mi pueblo. Alguien está intentando deshacerse de nosotros, matándonos a todos».

«¿Qué quieres decir?», preguntó el rey, y se puso de pie casi a la vez. «¿Quién se atrevería a hacer tal cosa?».

Ester señaló con su dedo tembloroso y dijo: «¡Es él, Amán!».

Amán se acobardó ante el rey y la reina. Suplicó su perdón y rogó que le perdonase la vida, pero era demasiado tarde. Esa misma noche, Amán fue colgado en la horca que él mismo había construido, la horca en la que había querido colgar a Mardoqueo.

El rey firmó una nueva ley que desautorizaba la orden de Amán y protegía al pueblo de su reina. Los judíos serían libres para defenderse de cualquiera que intentara hacerles daño mediante la ley de Amán. Serían librados de todo daño.

Una joven reina valiente había hablado por su pueblo. Había hablado contra el mal, y al hacerlo, salvó a generaciones de judíos y cumplió el propósito mismo que Dios le había dado.

*Si ahora te quedas absolutamente
callada, de otra parte vendrán el alivio
y la liberación para los judíos, pero
tú y la familia de tu padre perecerán.
¡Quién sabe si no has llegado al trono
precisamente para un momento como este!*

Ester 4.14

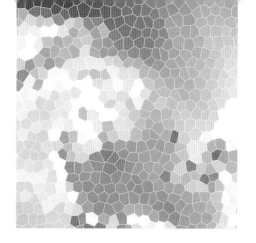

EL NUEVO
TESTAMENTO

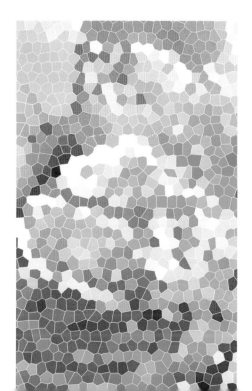

PREPARATIVOS PARA UN SALVADOR

Lucas 1, 3

Había pasado mucho tiempo desde que Dios creó el mundo. La gente había escogido el pecado una y otra vez, haciendo que no pudiesen tener una relación con su Creador. Pero Dios tenía un plan para salvar a las personas que Él había creado, a las personas que amaba. El plan de Dios giraba en torno a una persona, pero no cualquier persona. El plan de Dios involucraba a su propio Hijo, el cual daría vida nueva al mundo.

El profeta Isaías lo predijo hace años. Dios lo sabía desde el principio. Ahora era tiempo de que todo el mundo lo viera.

Pero antes de que Dios revelara su plan, había que hacer algunos preparativos.

Un profeta llamado Zacarías y su esposa, Elisabet, eran fieles y obedientes a Dios. A pesar de que se amaban y amaban a Dios, todavía no habían sido bendecidos con un hijo. En este punto, ahora que eran viejos, apenas tenían esperanzas de que eso pasara, pero seguían fieles en su servicio al Señor.

Un día, Zacarías estaba cumpliendo con sus deberes sacerdotales, quemando incienso en el templo, cuando de repente apareció un ángel al lado del altar. Zacarías se quedó paralizado

de miedo. Había servido fielmente durante muchos años, pero Zacarías no estaba acostumbrado a que ángeles se apareciesen en el templo, pues eso nunca antes le había pasado.

«No tengas miedo», le dijo el ángel, «tus oraciones han sido oídas, y vas a tener un hijo. Se llamará Juan, y preparará a la gente para la venida del Señor».

El hijo de Zacarías había sido escogido para preparar el camino a Jesús, ¡el Salvador venidero! Pero Zacarías todavía estaba atascado en esa primera parte. «¡Esto no puede ser cierto!», respondió. «¡Mi esposa y yo somos muy mayores para tener hijos!».

El ángel le dijo: «Yo soy Gabriel, enviado por Dios mismo para darte esta noticia. Mis palabras se cumplirán, pero como no me has creído, no dirás una sola palabra más hasta que todo esto haya ocurrido».

Fuera del templo, la gente se preguntaba por qué Zacarías tardaba tanto. Estaban esperando que saliera y les bendijera. Cuando Zacarías salió por fin bajo la luz del sol, no podía hablar. Comenzó a hacer gestos con las manos, intentando explicar lo que había sucedido.

Después de un rato, todo cobró sentido: un ángel lo había visitado. No mucho después de que Zacarías terminó su periodo de trabajo en el templo y volvió a casa, ¡se empezó a cumplir lo que Gabriel había dicho! Descubrieron que Elisabet iba a tener un bebé. Ella y Zacarías se llenaron de alegría.

Cuando Elisabet tuvo el bebé, Zacarías miró al recién nacido y se llenó de alegría. Todos sus amigos y familiares se juntaron para celebrar, y cuando llegó el momento de ponerle el nombre al bebé, todos querían llamarlo Zacarías, como su papá. Pero Elisabet dijo: «No, ¡su nombre es Juan!».

Todos miraron a Zacarías, quien pidió una tablilla para escribir. Zacarías, todavía sin poder hablar, escribió: «Su nombre es Juan». Con esas palabras, confirmando lo que el ángel Gabriel había anunciado, Zacarías recobró la voz. Inmediatamente comenzó a cantar y alabar a Dios por el precioso regalo de un hijo, un hijo que prepararía el camino para el Salvador.

Ese pequeño bebé creció y se convirtió en un valiente joven. Cuando ya fue adulto, Juan comenzó a hablar a la gente sobre el Salvador que vendría: el Salvador que Isaías había profetizado, el Salvador que existía incluso antes de la creación del mundo, el Salvador que el mundo había estado esperando.

A pesar de la valentía de Juan, cuando llegó ese Salvador, pocos lo reconocieron. Aunque Juan predicaba y enseñaba, preparando el camino, pocos entendían. A pesar de todas las preparaciones de Dios, el mundo simplemente no estaba preparado para que el Salvador llegara *así*.

ele

«Él irá primero, delante del Señor, con el espíritu y el poder de Elías, para reconciliar a los padres con los hijos y guiar a los desobedientes a la sabiduría de los justos. De este modo preparará un pueblo bien dispuesto para recibir al Señor».

Lucas 1.17

UN REGALO INESPERADO

Lucas 1; Mateo 1

Unos meses después de que Elisabet se enteró de que estaba embarazada, su pariente cercana recibió unas noticias emocionantes. La prima pequeña de Elisabet, María, estaba comprometida para casarse con un hombre llamado José. Para todos los demás, José y María eran simplemente otra joven pareja de la pequeña aldea de Nazaret. Para Dios, por el contrario, eran sus escogidos para una tarea muy especial.

María estaba sola, ocupándose de sus quehaceres, cuando de repente una voz exclamó: «¡Saludos, favorecida! ¡Dios está contigo!».

María alzó la mirada, asustada al ver a un ángel delante de ella. Retrocedió, temblando de miedo.

«No, no. No tengas miedo, querida María», dijo el ángel. «Me llamo Gabriel. He sido enviado por Dios para decirte que Él te ha escogido».

¿Escogida? ¿Para qué? A María se le cruzaban mil pensamientos al intentar asimilar lo que estaba pasando.

«Darás a luz un hijo, y lo llamarás Jesús. Dios lo convertirá en un rey, como David, pero este rey reinará por siempre. Su reino nunca tendrá fin».

«¿Cómo… cómo puede ser esto?», preguntó María. «Ni siquiera estoy casada aún».

Gabriel respondió: «El poder de Dios vendrá sobre ti y te dará un hijo. Él será el Hijo de Dios. Al igual que Dios ha hecho posible que Elisabet pueda tener un hijo en su vejez, también hará posible esto. ¡Nada es imposible para Dios!».

«Yo soy la sierva del Señor», dijo María inclinando la cabeza. «Que Él haga conmigo como has dicho».

María agarró algunas cosas y emprendió el viaje a casa de Elisabet. Cuando llegó, María gritó: «¡Elisabet! ¡Elisabet! Nunca te vas a creer lo que…». Se detuvo de repente cuando Elisabet salió de la casa. Lo que el ángel había dicho acerca de Elisabet era verdad. La prima de María sonrió, mientras acariciaba con orgullo una tripita muy redonda.

Antes de que María pudiera decir otra palabra, Elisabet exclamó: «¡Bendita! ¡Eres muy bendita, María! ¡Más bendita que cualquier otra mujer del mundo! ¡Y bendito es el bebé que llevas dentro! ¿Por qué tengo el honor de que me visite la madre de mi Señor?».

María no sabía qué decir. Elisabet era como una tía para ella; ¿por qué de repente la estaba honrando? ¿Cómo podía saber Elisabet tan rápido que María llevaba en su interior al Hijo de Dios?

Elisabet respondió a las preguntas que rondaban por la cabeza de María. «Tan pronto como escuché tu voz, ¡sentí que mi bebé saltaba de alegría dentro de mí! Eres muy bendita, María, bendita por creer las promesas de Dios».

Elisabet sabía, al igual que María, que pronto daría a luz al Hijo de Dios.

Sin embargo, María no podía dejar de pensar en su futuro esposo. ¿Qué pensaría José?

José era un hombre bueno y honorable, descendiente del rey David mismo, y le había pedido a María si quería ser su esposa. Cuando descubrió que estaba embarazada antes de que se casaran, se puede decir que estaba más que un poco decepcionado. Si se casaba con ella ahora, estaría mal visto; pero tampoco quería que María quedara avergonzada en público por estar embarazada antes de casarse. Así que José planeó hacer lo único que él creía posible. Se divorciaría de ella lo más discretamente posible, sin hacer un espectáculo público.

Sin embargo, después de tomar la decisión, José tuvo un visitante extraño pero muy convincente. Cuando José se fue a dormir, empezó a tener sueños raros y sorprendentes. En sus sueños había un hombre, muy diferente a todos los que había visto en toda su vida. Mientras el hombre hablaba, sus palabras se grabaron en la mente de José. Dijo: «José, descendiente de David, no tengas miedo de casarte con María. El hijo que lleva dentro es el Hijo de Dios. Lo llamarán Jesús. Será un Salvador para el mundo, salvando a la gente de sus pecados».

José se despertó muy asombrado. ¿Podía ser cierto? ¿El Salvador iba a venir? ¿Había sido escogido él para ser el padre terrenal del Salvador del mundo?

Aunque José aún estaba asombrado, fue con María y se casaron enseguida. Juntos, fortalecidos por la mano de Dios, María

y José pronto darían la bienvenida a su pequeña familia al Hijo del Dios Todopoderoso, y Él sería el Salvador del mundo.

«No tengas miedo, María; Dios te ha concedido su favor —le dijo el ángel—. Quedarás encinta y darás a luz un hijo, y le pondrás por nombre Jesús. Él será un gran hombre, y lo llamarán Hijo del Altísimo. Dios el Señor le dará el trono de su padre David, y reinará sobre el pueblo de Jacob para siempre. Su reinado no tendrá fin».

Lucas 1.30-33

UN REY PECULIAR

Lucas 2; Mateo 2

Al igual que el bebé crecía dentro del vientre de María, también crecían sus anticipaciones. Cada día aguardaba una nueva emoción para María y José mientras el día de su nacimiento se acercaba, y ellos pronto conocerían a su Salvador, el Hijo de Dios. Pero cuando oyeron las noticias de que César Augusto, el emperador romano, estaba pidiendo que todas las familias se registrasen en su pueblo natal, no estaban muy entusiasmados con la idea. El pueblo natal de José era Belén, lo que significaba que María y José tendrían que hacer un viaje de unas 80 millas (129 kilómetros) para obedecer el decreto. Era un viaje que les tomaría varios días.

José reunió todo lo que necesitarían para el viaje, lo ató a un burrito, y ayudó a María a subirse encima del burrito. Juntos se dirigieron hacia el sur. Según viajaban, sin embargo, José se dio cuenta de que su familia no solo se iba a registrar en Belén, sino que también aumentaría allí: el bebé estaba de camino.

Mientras más incómoda se sentía María, José buscaba más urgentemente un lugar donde poder quedarse, pero de nada servía. *¿Qué pensaría Dios de este establo?* pensó José. Cierto, no había lugar en la posada donde habían planeado quedarse. Él quería que María pudiera descansar en una cama cómoda para que el Hijo de Dios pudiera nacer en el sitio donde se merecía. Pero ¿esto? ¿Un humilde pesebre? ¿Un coro de sonidos de animales? Ese no era lugar para un rey.

¿O sí lo era?

Bajo la luz constante de una estrella brillante, María envolvió a su pequeño bebé en paños y lo puso en una cama de paja, incapaz de quitarle los ojos de encima. Sus pestañas aleteaban, sus cachetes eran muy suaves, sus deditos tan diminutos y delicados. Para el mundo, puede haber parecido un bebé indefenso, pero María sabía otra cosa. Cuando miró a su esposo, vio que él también lo sabía.

Estaba aquí. Por fin había llegado.

El Rey de reyes, Señor de señores, el Salvador del mundo había llegado.

Justo a las afueras de Belén, un grupo de pastores disfrutaba de la paz del campo. Juntos, recordaban los acontecimientos de ese día y observaron las estrellas inusualmente brillantes que llenaban el cielo oscuro. Después de un rato, comenzaron a acomodarse para pasar una noche de descanso bajo las estrellas.

Sin embargo, no iba a ser una noche de mucho descanso, ¡porque el cielo no podía contener su emoción! De repente apareció un ángel, iluminando el campo como si fuera la mañana. Los pastores se acobardaron al ver a su visitante celestial.

«¡No tengan miedo!», dijo el ángel. «¡Tengo una buena noticia! ¡Una gran noticia! ¡Una maravillosa noticia! ¡Para todos! ¡Para toda la gente!».

Los pastores entrecerraron los ojos por el brillo del ángel resplandeciente.

El ángel continuó su proclamación. «En este día, ¡un Salvador ha nacido! ¡Es el Mesías, el Rey prometido! ¡Él es el Señor! ¡Y está justo aquí en Belén! ¡Vayan ustedes mismos a verlo! Busquen un bebé envuelto en paños y durmiendo en un pesebre».

Antes de que los pastores pudieran decir algo, el cielo estaba lleno de más ángeles, de la gloria de Dios, y de una luz brillante. Todos juntos, los ángeles comenzaron a alabar a Dios a una sola voz, cantando:

«¡Gloria! ¡Gloria! ¡Gloria a Dios en lo alto! ¡Paz! ¡Paz! ¡Paz a su pueblo!».

Los pastores aún podían oír las alabanzas de los ángeles mientras el coro celestial regresaba al cielo. Después de unos momentos de silencio de asombro, los pastores se miraron entre ellos. Asintieron con la cabeza en señal de acuerdo y se dirigieron hacia Belén.

No les tomó mucho tiempo encontrar al bebé en el establo.

La joven mamá del bebé sonrió, invitándolos a pasar. El papá miró cuidadosamente según se acercaban al pesebre. El bebé, que dormía pacíficamente, no parecía un rey; tenía un pesebre lleno de paja en lugar de un trono.

Aun así, había algo en Él. Un sosiego tranquilo llenaba el lugar. La paz de la que habían hablado los ángeles estaba presente.

Las rodillas de los pastores se doblaron en humildad, en adoración, en asombro ante este diminuto Mesías, este rey peculiar. Le contaron a los padres acerca de lo que habían visto en el campo, del mensaje de los ángeles. A medida que los pastores regresaban a sus campos y pastoreaban a las ovejas, iban hablando a toda la gente con la que se cruzaban sobre las maravillas que habían visto, y sobre el Salvador que había nacido en un establo.

María observaba cómo se desarrolló todo, estos pastores (estos extranjeros) adorando a su hijo. Lo recordaría siempre. Pero lo que ella no sabía era que había aún más visitantes de camino.

En el lejano Oriente, cuando apareció la estrella brillante había comenzado otro viaje. Un grupo de magos (estudiantes de las estrellas, interpretadores de sueños, hombres sabios que servían a reyes) se pusieron en marcha para encontrar al nuevo rey, el Rey de los judíos. Cargaron sus camellos con regalos y se dirigieron al Oriente. Sería un largo viaje, pero su tiempo sería bien recompensado.

Cuando los magos estaban ya cerca de su destino, se detuvieron en el palacio de Jerusalén. Parecía el mejor lugar donde encontrar a un rey. Emocionados, dejaron sus camellos y se acercaron al trono.

«¿Dónde está el nuevo rey, el niño que nació Rey de los judíos?», preguntaron los magos al rey Herodes. «Hemos visto

su estrella y la hemos seguido hasta aquí. Hemos venido a adorarlo».

El rey Herodes estaba furioso. *Él* era el único rey digno de adoración, ¡y destruiría a cualquiera que se interpusiera en su camino! Estaba preocupado, sin embargo, de que lo que decían los magos fuera cierto, y para asegurarse llamó a sus consejeros y les dijo: «Díganme, ¿qué dicen las escrituras?¿Donde nacerá el Mesías?».

«En Belén», respondió uno de sus consejeros. «El profeta Miqueas predijo: "De Belén saldrá un gobernante del pueblo de Dios"».

El rey Herodes sonrió amablemente a los magos del Oriente. Después de preguntarles cuándo exactamente habían visto la estrella, dijo: «Bien, bien. Ahora vayan y encuentren a este niño, y en cuanto lo encuentren, díganme dónde está. Yo también quiero ir y… *adorarlo*».

«Sí, su majestad», dijeron los magos. Se postraron y se fueron del palacio. Cuando continuaron con su camino, se asombraron de ver la estrella guiándolos otra vez. La siguieron hasta que, finalmente, la estrella se detuvo sobre una pequeña casa en Belén.

Las personas en las calles se detuvieron y observaron mientras pasaba la caravana. Miraban asombrados cómo pasaban coloridos camellos decorados y llenos de regalos, hasta que se detuvieron en la puerta de la humilde casa.

«¿Qué?», susurraba la gente del pueblo. «¿No es esa la casa de María y José? ¿Por qué tendrán esta visita real?».

Los magos habían esperado mucho tiempo para este momento, para conocer por fin al Mesías, para ver al rey al que habían estado buscando por tanto tiempo: el Salvador del mundo.

Los magos del Oriente se postraron, ofreciendo regalos al hijo de María. El niño observaba mientras estos hombres prestigiosos ponían una caja de oro a sus pies. El fuerte aroma de finas especias llenaba la habitación mientras le daban frascos con incienso y mirra. Pero el regalo más extraordinario eran los visitantes mismos: estos hombres sabios y reales que habían viajado desde tan lejos para adorar a un bebé llamado Jesús.

Llenos de asombro, los magos iban a regresar al palacio a decirle al rey Herodes que habían encontrado al Mesías, al Rey. Pero antes de que llegaran, un sueño los frenó, avisándolos de que no volvieran al palacio del rey Herodes. Así que regresaron a casa por otro camino, manteniéndose lejos del palacio.

Pero eso no detuvo al rey Herodes. De hecho, ordenó que mataran a todos los niños de dos años o menos, para asegurarse de deshacerse de ese pequeño «Rey de los judíos». Después de que un ángel avisó a José a través de un sueño, se llevó a su familia a Egipto, donde estarían seguros. Al menos por un tiempo.

No sería la última vez que intentarían hacerle daño a Jesús. Él sería burlado y rechazado, golpeado y herido. Una y otra vez, la gente demostró que el mundo no entendía a un Salvador así, un Rey de reyes peculiar, un Señor de señores humilde.

Simplemente no tenía sentido. ¿Por qué nació el mayor de los reyes en un establo y no en un palacio? ¿Por qué fue anunciado su nacimiento a lejanos magos y humildes pastores en vez de por proclamación real? ¿Por qué envió Dios al Salvador a la tierra en una forma que pocos se esperaban y aún menos creerían?

Pero los caminos de Dios no son como los caminos de este mundo. Él sabía que lo último que el mundo necesitaba era otro rey presumido y pomposo. Él sabía que la salvación verdadera solo llegaría por el poder de este tipo de Salvador. Y Él sabía que, al final, incluso el rechazo del Salvador conduciría a la redención del mundo.

Un Dios Omnisciente sabía lo que el mundo no sabía: la mayor esperanza del mundo había llegado, y era este peculiar y pequeño rey.

Pero el ángel les dijo: «No tengan miedo. Miren que les traigo buenas noticias que serán motivo de mucha alegría para todo el pueblo. Hoy les ha nacido en la Ciudad de David un Salvador, que es Cristo el Señor».

Lucas 2.10

«LA CASA DE MI PADRE»

Lucas 2

Cuarenta días después del nacimiento de Jesús, María y José lo dedicaron en el templo según la tradición judía. A medida que Jesús crecía, sus padres terrenales lo criaron cuidadosamente, asegurándose de seguir la ley de Dios. A lo largo de los siguientes años, María y José asistieron regularmente a las fiestas religiosas con Jesús.

Cuando Jesús tenía doce años, Él y su familia emprendieron el viaje para ir a la fiesta de la Pascua en Jerusalén, al igual que habían hecho todos los años anteriores. Se tardaba varios días en ir desde la aldea de Nazaret hasta la ciudad de Jerusalén, pero multitudes de personas hacían el viaje con ellos. La fiesta era un tiempo de gran celebración, un tiempo de recordar la fidelidad de Dios hacia su pueblo.

Cuando terminó la celebración, la familia se preparó para regresar a casa. María y José recogieron todas sus cosas y comenzaron el viaje de nuevo hacia Nazaret.

Después de viajar un día aproximadamente, se dieron cuenta de que hacía tiempo que no veían a Jesús. Con doce años, Él ya era lo suficientemente mayor para poder caminar con sus amigos o parientes que viajaban con ellos, pero cuando María y José lo buscaron entre las familias que iban delante y detrás de ellos, Jesús no estaba. Dieron la vuelta y se dirigieron a Jerusalén, preguntando a toda la gente con la que se cruzaban si habían visto a Jesús. A pesar de buscarlo, no había señal de Jesús por ninguna parte. Cuando por fin llegaron a Jerusalén, miraron en el lugar donde se habían hospedado, pero Jesús tampoco estaba allí.

María empezó a ponerse muy nerviosa. Había perdido a su hijo; no solo eso, había perdido al *Hijo de Dios*. Se le había confiado a la persona más importante del mundo, *y ella lo había perdido.* Él estaba solo en la gran ciudad. No sabría dónde encontrar a sus padres. No sabría cómo llegar a casa. A María se le cruzaban mil pensamientos: *¿Qué comerá? ¡Se estará muriendo de hambre!* «¡María!», las palabras de José interrumpieron sus pensamientos frenéticos. «Vamos a mirar en el templo. A lo mejor está allí».

Ya le habían estado buscando durante tres días. ¿Qué posibilidades había de que estuviera en el templo? María fue con José, pero no levantó la mirada hasta que oyó una voz preciosa y familiar.

María no podía creer lo que estaba viendo. Sentado en medio de los maestros de la ley y los sacerdotes del templo estaba su hijo: Jesús. Todos los que estaban a su alrededor parecían compartir su asombro. ¿Quién era este niño de doce años, haciendo preguntas a los maestros en el templo y discutiendo las antiguas verdades de las escrituras con ellos?

«¡Jesús!», dijo María, corriendo a su encuentro y abrazándolo. Dio un paso atrás y rápidamente se limpió las lágrimas de los ojos. La gente les estaba mirando, pero ella apenas se dio cuenta. «¿Por qué me has hecho esto?», le preguntó. «¿Es que no sabes que te hemos estado buscando por todas partes? ¡Estábamos muy preocupados!».

Jesús miró tranquilamente a su mamá a los ojos. «¿Por qué me estaban buscando?», preguntó con una sonrisa. «¿No sabían que tenía que estar aquí, en la casa de mi Padre?».

Sin palabras, María miró a José. José encogió los hombros y sonrió. Sin poder decir otra palabra, María simplemente abrazó otra vez a Jesús, agradecida de haber encontrado a su hijo. A lo largo de los años, una y otra vez quedaría asombrada mientras Él seguía creciendo en sabiduría, ganándose el favor de Dios y de los hombres.

«¿Por qué me buscaban? ¿No sabían que tengo que estar en la casa de mi Padre?».

Lucas 2.49

EL CORDERO
DE DIOS

Mateo 3; Lucas 3

Juan, el hijo que Zacarías y Elisabet tuvieron en su vejez, creció y preparaba el camino al Salvador que iba a venir, como el profeta Isaías había anunciado. Juan era una voz para el pueblo, hablándoles sobre Jesús, el Mesías.

Para el mundo exterior, Juan parecía un poco extraño. Se vestía con pelo de camello, comía langostas y miel silvestre, y muchas veces pasaba tiempo en el desierto, en soledad. Por extraño que pareciera, fue allí en el desierto donde Dios le habló.

Gente de Jerusalén y de toda la zona de Judea acudía a Juan. Salían al desierto para oírle predicar los mensajes que Dios había puesto en su corazón. Les enseñaba a apartarse de sus pecados y acercarse más a Dios y a su perdón. Enseñaba al pueblo a compartir lo que tenían con los que no tenían nada, y les enseñaba a los recaudadores de impuestos a ser justos. Enseñaba a la gente no tomar más de lo que necesitaban y a estar contentos con lo que tenían. A través de todo esto, les enseñaba que el arrepentimiento y buscar a Dios de todo corazón era el único camino para tener vida eterna con Él.

Incluso los líderes religiosos acudían a oír hablar a Juan. Él les animaba no solo a confiar en su descendencia religiosa, sino a hacer lo que era bueno y justo en vez de únicamente hablar de ello.

En el río Jordán, Juan bautizaba a todo el que acudía a él queriendo saber cuál era el camino de Dios.

Cuando la gente le preguntaba si él era el Mesías, Juan decía: «¡No! Yo solo les bautizo con agua. Vendrá otro, alguien que es mucho mayor que yo. De hecho, ni siquiera soy digno de desatarle las sandalias. Cuando Él venga, les bautizará con el Espíritu Santo». Un día, ese *Otro* vino. Juan señaló y dijo: «¡Miren! ¡Ahí está el cordero de Dios que quita el pecado del mundo!». Jesús se puso en la fila, esperando a ser bautizado. El Salvador, santo y perfecto, estaba esperando detrás de pecadores, esperaba su turno para obedecer la palabra de su Padre.

Cuando llegó el turno de Jesús y pidió ser bautizado, Juan no quería. «No, Maestro», dijo. «En todo caso, *tú* me deberías bautizar a *mí*. ¿Por qué querrías que yo te bautizara?».

«Porque eso es lo correcto», respondió Jesús. «Así es como debe ser».

Juan no entendía. Él sabía que Jesús estaba libre de pecado, y que no tenía nada de que arrepentirse. No tenía pecados que lavar. Después, Juan se daría cuenta de que Jesús estaba enseñando el camino, poniendo un ejemplo para todos los creyentes de ese tiempo y de otros que llegarían.

Sin añadir ni una palabra más, Juan bautizó a Jesús. Mientras las gotas de agua corrían por la cara de Jesús, los cielos se abrieron. Un Espíritu en forma de paloma descendió del cielo y se posó sobre Jesús, y una voz del cielo se oyó, confirmando a la multitud lo que Juan el Bautista ya sabía.

«Este es mi Hijo», dijo Dios, «y estoy muy complacido con Él».

Un día en que todos acudían a Juan para que los bautizara, Jesús fue bautizado también. Y mientras oraba, se abrió el cielo, y el Espíritu Santo bajó sobre él en forma de paloma. Entonces se oyó una voz del cielo que decía: «Tú eres mi Hijo amado; estoy muy complacido contigo».

Lucas 3.21, 22

Al día siguiente Juan vio a Jesús que se acercaba a él, y dijo: «¡Aquí tienen al Cordero de Dios, que quita el pecado del mundo!».

Juan 1.29

EL DIABLO TIENTA A JESÚS

Mateo 4; Lucas 4

Después de que Jesús fue bautizado, el Espíritu lo guio al desierto. Durante cuarenta días, Jesús ayunó allí, y cuando terminó ese tiempo tenía mucha hambre. Fue entonces cuando Satanás llegó para tentarlo.

«Hola, Jesús», dijo Satanás sonriendo astutamente. «Parece que te estás *muriendo* de hambre». Agarró una piedra y la lanzó al aire, sosteniéndola al caer. «Me refiero a que si de verdad eres el Hijo de Dios», continuó, «podrías convertir cualquiera de estas piedras en pan, *¿no es cierto?*». Satanás levantó la piedra, fomentando que Jesús se imaginara el agradable sabor del pan.

«Está escrito en las Escrituras», respondió Jesús, «que el hombre no solo de pan vivirá. Debería alimentarse con la Palabra de Dios, con cada palabra que sale de su boca».

Satanás levantó las cejas. *Las Escrituras.* Claro, los padres de Jesús le habían enseñado la Ley y lo habían llevado al templo. Pero aquí fuera, con hambre en el desierto, podía ocurrir cualquier cosa.

Con un chasquido de sus dedos, Satanás se llevó a Jesús a la ciudad de Jerusalén. Juntos, estaban en el punto más alto del muro que rodeaba el templo y miraban a la ciudad bajo sus pies.

«De acuerdo, entonces, si de verdad eres el Hijo de Dios, tírate desde aquí», dijo Satanás, silbando mientras miraba hacia abajo. «Porque, al fin y al cabo, *está escrito*», añadió burlonamente, «que Dios mandará a sus ángeles. Te sostendrán en sus manos, para que ni siquiera te golpees el pie con una piedra».

Sin pensárselo, Jesús le respondió: «También está *escrito* que no tentarás a Dios».

Reuniendo toda su fuerza y poder, Satanás se volvió a llevar a Jesús. Esta vez lo llevó a la cima de una montaña. Por debajo de ellos, ¡parecía que podían ver el mundo entero! Satanás mostró a Jesús todos los reinos de la tierra, su gloria, sus riquezas y su grandeza, allí a sus pies.

«Mira todo esto», Satanás le dijo a Jesús, abriendo sus brazos. «Todo esto, todos los reinos del mundo, podrían ser tuyos».

Jesús no respondió.

«Te daré todo esto», ofreció Satanás. «Solo tienes que hacer una cosa: postrarte ante *mí. Adorarme.* Solo póstrate y adórame, aquí mismo, y todo esto será tuyo».

«Apártate de mí, Satanás», dijo Jesús. «Nunca te serviré». Otra vez, Jesús sintió que surgía de su interior la Palabra de Dios. Miró a Satanás fijamente a los ojos y dijo: «Está escrito: adora al Señor tu Dios. No sirvas a nadie, sino solamente a *Él*».

Satanás no tenía nada más que decir. Había sido reprendido. Había buscado a Jesús cuando creía que estaba más débil, para poder tentarlo con lo que pensaba que más querría Jesús. Pero lo que Satanás *no* había considerado era que Jesús era Dios mismo, lleno del conocimiento de la Palabra de Dios y dispuesto a ser guiado por el Espíritu Santo. Lo que Satanás nunca podía entender era un hambre, un deseo por otra cosa que no fuese comida, o poder, o las riquezas de este mundo: un deseo de ser totalmente obediente a la voluntad de su Padre.

Por ahora Satanás se retiró a su refugio, esperando otra oportunidad para presentarse. Llegaron ángeles para confortar a Jesús y atender sus necesidades.

Satanás nunca dejaría de intentarlo. Siempre estaba ahí, esperando los momentos más débiles de las personas para ofrecerles la tentación más agradable. Nunca dejaría de intentar derrumbar el poder del Dios Todopoderoso o los planes del Padre amoroso y compasivo de Jesús.

—¡Vete, Satanás! —le dijo Jesús—. Porque escrito está: "Adora al Señor tu Dios y sírvele solamente a él".

Mateo 4.10

PESCADORES DE PERSONAS

Lucas 4—5

Después de que Jesús fue tentado en el desierto, regresó a Galilea lleno del poder del Espíritu. Allí, proclamó las Buenas Noticias de que Dios había venido a la tierra.

Un día, Jesús estaba predicando junto al Mar de Galilea. Según la multitud se hacía más y más grande, Jesús vio un par de barcas de pesca en la orilla. Los pescadores habían dejado las barcas allí mientras limpiaban las redes. Jesús se subió a una de ellas y le pidió a Simón, uno de los pescadores, que la alejase un poco de la orilla para que hubiera más sitio para que la multitud lo pudiera ver y oír. Simón hizo lo que Jesús le pidió, y Jesús continuó enseñando a la gente desde la barca.

Cuando terminó de hablar, Jesús le dijo a Simón: «Naveguen allí, donde las aguas son profundas, y echen las redes».

Simón meneó la cabeza y se rio. «Maestro», dijo, «lo hemos intentado toda la noche y no hemos sacado nada. Pero si tú lo dices, lo intentaremos una vez más».

Los otros pescadores estaban cansados y frustrados, ¿de qué serviría? Pero haciendo lo que les dijeron, lanzaron las redes otra

vez. Cuando lo hicieron, ¡no podían creer lo que veían! Habían agarrado tantos peces que las redes se empezaban a romper.

«¡Muchachos! ¡Ayúdennos!», gritaron a los otros pescadores que estaban en la orilla. Acudieron muchas barcas a ayudar, pero aún así, ¡había tantos peces que las barcas casi se empezaban a hundir!

Simón observaba maravillado. Sabía que estaba en la presencia del Señor, así que cayó a los pies de Jesús. «Por favor, déjame, Maestro. Soy un pecador», le dijo.

«No hay nada que temer», le dijo Jesús. «Esto no es nada. De ahora en adelante te llamarás Pedro, y vamos a pescar personas».

Simón Pedro no necesitó más explicaciones. Lo que fuera que este hombre, Jesús, estaba haciendo, él quería formar parte de ello. En ese momento, Jesús tuvo sus primeros discípulos: Simón Pedro, su hermano Andrés y sus compañeros de pesca, Jacobo y Juan.

Pero Jesús no solo llamó a pescadores. Llamó a Felipe en su viaje a Galilea, y a Natanael, que estaba debajo de una higuera. Mateo estaba en una cabina, recaudando impuestos, cuando Jesús le dijo: «Sígueme». En total, escogió a doce hombres para que fueran sus discípulos, sus seguidores.

Juntos, estos hombres serían testigos de milagros impensables, inimaginables, inexplicables de Jesús, mientras predicaba sobre el reino de los cielos y llamaba a todo el que escuchaba a seguirlo a Él. Los discípulos serían testigos del ministerio milagroso de Jesús hasta el día de su muerte, e incluso después de ese día.

Serían fieles a la tarea que Jesús les había encomendado, la tarea dada a todos los seguidores de Jesús: llevar las Buenas Nuevas a todos los rincones de la tierra, a toda la gente.

—No temas; desde ahora serás pescador de hombres —le dijo Jesús a Simón. Así que llevaron las barcas a tierra y, dejándolo todo, siguieron a Jesús.

Lucas 5.10, 11

JESÚS, EL HACEDOR DE MILAGROS

Mateo 6; Lucas 6, 8, 10, 14, 17 — 19; Juan 2, 6, 9

Jesús todavía no había comenzado su ministerio ni había hecho ningún milagro cuando fue invitado a una boda en la ciudad de Caná. Durante la boda, se presentó una situación un poco vergonzosa: los novios se quedaron sin vino para los invitados. ¿Qué podía hacer Él?

Cuando María, la madre de Jesús, se enteró de la situación, supo exactamente qué hacer, o mejor dicho, supo exactamente *quién* podía ayudar. Encontró a su hijo y le susurró: «¡Se han quedado sin vino!».

«Madre, ¿qué quieres que haga yo? Todavía no es mi tiempo», dijo Jesús.

Pero María ya estaba hablando a los sirvientes, señalando hacia Jesús. «Hagan lo que Él les diga», les indicó.

«Agarren estas jarras y llénenlas de agua», dijo Jesús.

Los sirvientes intercambiaron miradas de confusión pero obedecieron, llenando las jarras hasta arriba.

«Ahora lleven un poco al maestresala», les indicó Jesús.

Una vez más obedecieron, observando cautelosos mientras el maestresala probaba el vino. En su cara se vio una expresión de sorpresa, seguida por una sonrisa. Fue al novio y le dijo: «La mayoría de la gente solo sirve el vino bueno al principio de la fiesta y después comienza a servir el vino barato. ¡Pero ustedes han reservado el mejor para el final!».

Fue la primera de muchas señales que Jesús haría, uno de los muchos milagros venideros.

No mucho tiempo después de la boda, Jesús comenzó su ministerio público. Viajaba de aquí para allá, predicando a las multitudes que se juntaban en los pueblos y los alrededores. Multitudes comenzaron a seguirlo de una ciudad a la siguiente, recibiéndolo ansiosamente cuando llegaba. Una vez, mientras se juntaba la multitud, un líder de la sinagoga llamado Jairo llegó y cayó a los pies de Jesús.

«Mi hija, ¡se está muriendo!», dijo Jairo. «¡Es mi única hija y solo tiene doce años!». Le suplicó a Jesús que fuera a su casa y le impusiera las manos a la niña para sanarla.

Para entonces, la multitud se había vuelto un caos, y todos estaban apretujados alrededor de Jesús intentando llegar hasta Él. En medio de todo el caos, Jesús se dio la vuelta y dijo: «¿Quién me ha tocado?».

Pedro respondió: «Todo el mundo te rodea, y cualquier persona podría tocarte».

«Alguien me ha tocado», insistió Jesús. «He sentido que ha salido poder de mí».

Una mujer cayó a los pies de Jesús. «¡He sido yo!», dijo. «He estado enferma por doce años y nadie me ha podido sanar. Simplemente toqué el borde de tu manto, ¡y ahora estoy sanada!».

«Hija mía, tu fe te ha sanado», respondió Jesús. «Ahora vete en paz».

Mientras Jesús le hablaba a la mujer, alguien de la casa de Jairo llegó con malas noticias. El mensajero le dijo a Jairo: «Lo siento, señor, pero ya no hace falta molestar a Jesús. La niña se ha… Se ha… *ido*».

Cuando Jairo se inclinó por el dolor, Jesús se giró y dijo: «Ella estará bien. No tengas miedo. Solamente cree».

Al acercarse a la casa de Jairo, escucharon una gran conmoción dentro: personas llorando y gimiendo. Familia y amigos se habían reunido y lloraban por la muerte de la niña.

«¿Por qué están llorando?», les preguntó Jesús. «No está muerta. Tan solo duerme».

La gente se rio de Jesús. Habían visto cómo se iba el color de la cara de la niña. Habían sentido sus manos frías y sin vida. *Sabían* que estaba muerta.

De todas formas, Jesús tomó a Pedro, junto con Juan, Jacobo y los padres de la niña, y se los llevó donde ella estaba tumbada. Jesús agarró la mano de la niña y dijo: «Niña, ¡levántate!».

Inmediatamente se le abrieron los ojos, y se bajó de la cama y se puso de pie. Los padres no se lo podían creer, ¡su hija estaba viva! Los que se habían reído de Jesús observaban asombrados mientras Él salía de la casa con sus discípulos.

Cuando Jesús y sus discípulos salieron de la casa de Jairo, dos hombres ciegos les empezaron a seguir. Gritaban: «¡Por favor! ¡Ten misericordia de nosotros!».

Cuando los ciegos se acercaron a Jesús, Él les preguntó: «¿Creen de verdad que soy capaz de devolverles la vista?».

«Sí, Señor», respondieron.

Entonces Jesús tocó sus ojos. «Pues por su fe, que así se haga».

Y solo con eso, ¡los hombres podían ver otra vez!

En otra ocasión, de camino a Jerusalén, Jesús entró a una aldea y se cruzó con diez hombres que salían de allí. Como aquellos hombres tenían lepra, una enfermedad terrible de la piel, se mantuvieron alejados y le suplicaron. «¡Por favor, Jesús!», gritaron. «¡Por favor, ayúdanos!».

«Vuelvan a los sacerdotes y muéstrenles su piel», les indicó Jesús. Los hombres hicieron tal y como Jesús les dijo, y según se iban caminando, su piel quedó limpia. ¡Estaban sanos!

Uno de los hombres regresó a Jesús, gritando y alabando a Dios. Cayó a los pies de Jesús y dijo: «¡Gracias! ¡Gracias!».

Jesús preguntó al hombre: «¿Qué pasó con los otros nueve? ¿Acaso no fueron sanados? ¿Solo tú has vuelto para darle la gloria a Dios?».

El hombre se incorporó y miró a los otros nueve hombres, que no habían pensado en Jesús cuando fueron sanados.

«Vete», le dijo Jesús. «Tu fe te ha sanado». Y Jesús continuó su camino.

Para entonces, miles de personas se juntaban alrededor de Jesús dondequiera que Él iba. A veces intentaba encontrar un sitio para estar un rato a solas con sus discípulos. Pero aún así, la gente los encontraba o los seguía incluso hasta lugares remotos. Una vez en particular, Jesús recibió a la gente, enseñándoles sobre el reino de Dios. Según se iba haciendo tarde, Jesús sabía que la gente debía tener hambre y no había ningún lugar cercano donde pudieran conseguir comida.

Aunque Jesús ya sabía la respuesta, les preguntó a sus discípulos: «¿Dónde conseguiremos comida para toda esta gente?».

«¡Tendríamos que trabajar durante seis meses para poder comprar suficiente para que cada persona pudiera comer un bocado!», dijo Felipe.

Andrés ofreció otra solución, pero era casi tan extraña como la primera. Dijo: «Este muchacho ha traído su merienda. Hay cinco panes y dos pececillos, pero no nos servirá de mucho con *tanta* gente».

Jesús sonrió y dijo: «Digan a la gente que se sienten».

Los discípulos se miraron entre ellos sorprendidos. Habían visto algunos milagros, pero Jesús no podría dar de comer a tanta gente con tan poca comida, ¿o acaso sí? Aunque pareciera imposible, ellos ya sabían que podían esperar lo inesperado por lo que respectaba a Jesús. Mientras los discípulos se paseaban entre la multitud, indicándoles que se sentaran, se dieron cuenta de que había por lo menos cinco mil personas allí, ¡y eso contando solamente a los hombres!

Jesús tomó los cinco panes y los dos pececillos y dio gracias a Dios por la comida que se les había dado. Después de orar, empezó a repartir la comida. Todas y cada una de las personas comieron abundantemente ese día. De hecho, ¡todos comieron hasta que quedaron saciados!

Cuando todos tuvieron suficiente comida, Jesús les dijo a sus discípulos: «Ahora, recojan lo que ha sobrado. No malgastemos nada».

¿Malgastar nada? Parecía realmente absurdo. ¿Cómo podía sobrar algo? ¡Cinco mil personas habían comido con cinco panes y dos peces! Aun así, cuando los discípulos recogieron las sobras llenaron una cesta entera, y otra, y después media docena. Cuando por fin terminaron, había *doce* cestas de comida que había sobrado, y más de cinco mil personas saciadas.

Después de aquello, Jesús les dijo a sus discípulos que se adelantaran en una barca al otro lado del lago mientras Él terminaba de hablar a las personas. Varias horas más tarde, justo antes del amanecer, los discípulos todavía estaban en la barca y vieron una figura caminando sobre el agua hacia ellos.

«¡Es un fantasma!», gritaron.

Los discípulos empezaron a asustarse, pero entonces escucharon una voz familiar. «¡Soy yo! No tengan miedo», dijo Jesús.

Pedro le gritó a la figura: «Si de verdad eres tú, Señor, dime que vaya hacia ti».

«¡Ven!», respondió Jesús.

Con esa afirmación, Pedro se bajó de la barca al agua. Allí, en la superficie del agua, dio un paso tras otro hacia Jesús, pero entonces oyó el viento y vio las olas. A medida que el miedo se apoderaba de él, comenzó a hundirse. «¡Sálvame!», gritaba.

Jesús simplemente extendió su mano y sujetó a Pedro por encima de las olas. «Hombre de poca fe», le dijo Jesús, «¿por qué dudaste?».

Cuando Pedro y Jesús subieron a la barca, los otros discípulos exclamaron: «Verdaderamente eres el Hijo de Dios».

En su corto tiempo en la tierra, el Hijo de Dios sanó innumerables enfermedades, dio de comer a innumerables personas, expulsó innumerables demonios, y perdonó innumerables pecados. ¡Jesús hizo mucho más que solo calmar una tempestad y caminar por encima del agua, o sanar a una niña que se acababa de morir y curar a una mujer que había estado enferma durante muchos años! A amigos y desconocidos, jóvenes o viejos, Jesús sopló aliento de vida a los muertos, hizo a los cojos saltar, a los leprosos ser limpios, y ayudó a los ciegos a ver, una, y otra, y otra vez.

Sobre los muchos milagros de Jesús, el apóstol Juan escribió que incluso el mundo entero no podría contener todos los libros que tendrían que escribirse para contar todas las obras que Jesús había hecho.

ele

—Hija, tu fe te ha sanado —le
dijo Jesús—. Vete en paz.

Lucas 8.48

Pero, al sentir el viento fuerte,
tuvo miedo y comenzó a hundirse.
Entonces gritó: —¡Señor, sálvame!
En seguida Jesús le tendió la mano
y, sujetándolo, lo reprendió:
—¡Hombre de poca fe! ¿Por qué dudaste?

Mateo14.30, 31

LO MÁS IMPORTANTE

Lucas 10

Como Jesús y sus discípulos viajaban casi constantemente, no tenían casas propias. Dependían principalmente de la hospitalidad de amigos o desconocidos cuando necesitaban un lugar donde quedarse. Por fortuna, muchas personas estaban deseando recibir a Jesús, el sanador y maestro del que tanto habían oído.

Marta y su hermana María eran dos de esas personas. Cuando Jesús y sus discípulos fueron a su aldea, Marta los invitó a quedarse con ella y su familia.

Cuando Jesús fue a la casa de Marta y María, Marta estaba ocupada en la cocina, preparando una cena elaborada. María, sin embargo, se sintió atraída a Jesús y pronto se encontró sentada a sus pies, absorbiendo cada palabra y saboreando cada momento en su presencia. Finalmente, Marta no pudo más. Estaba cansada de correr de allá para acá y de hacer todo ella sola, mientras María estaba sentada en el piso disfrutando de la presencia de Jesús.

«¡Señor!», dijo Marta entrando enojada a la habitación y limpiándose las manos. «¿Es que te da igual? ¿No ves que soy yo la que está haciendo todo el trabajo? ¡He estado cocinando

y limpiando, intentando que todo esté perfecto y ordenado!». Marta se puso la mano a la cintura y dijo: «Díselo, Jesús. Dile que me ayude».

Marta miró fijamente a María y esperó a que Jesús reprendiera a su hermana.

«Oh, Marta», dijo Jesús sonriéndole, y luego a María, «te preocupas de estas pequeñas cosas y dejas que te enojen. Pero estas cosas no importan tanto. Una casa y vajilla limpias, sábanas, e incluso comida, no es lo realmente importante. María está haciendo lo que es importante, y nadie se lo va a quitar».

Jesús se puso de pie y le extendió la mano a María, que aún estaba sentada a sus pies. «María ha escogido escucharme, y eso es algo que de cierto durará. No la regañes por escoger la cosa más importante de entre cosas menores».

¿Podría ser verdad? ¿Habían sido en vano todas estas preocupaciones y protestas? ¿Qué se había perdido Marta mientras había estado tan preocupada por hacer buenas obras?

Jesús había enseñado esta lección a miles en su Sermón del Monte, y ahora estaba compartiendo la misma lección personalmente con su amiga. Quería que el enfoque de sus discípulos, sus seguidores, sus amigos, no estuviera en cosas temporales de este mundo: qué comerás o con qué te vestirás. Él no quiere que nos preocupemos de estas cosas porque, como Jesús explicó, el cuerpo es más que la ropa que te pones, y la vida es más que lo que comes. Tu enfoque debería estar en Dios.

—Marta, Marta —le contestó Jesús—, estás inquieta y preocupada por muchas cosas, pero solo una es necesaria. María ha escogido la mejor, y nadie se la quitará.

Lucas 10.41, 42

EL VIENTO Y LAS OLAS OBEDECEN

Lucas 8; Marcos 4

Jesús y sus discípulos acababan de terminar de enseñar a una multitud junto al Mar de Galilea, y se fueron hacia el otro lado del lago. Después de empezar su viaje, sin embargo, las nubes empezaron a volverse densas y oscuras. El viento empezó a azotar las velas, y las olas se volvieron grandes y potentes.

No era la primera tormenta que los discípulos habían visto en el lago. Al fin y al cabo, muchos de ellos eran pescadores antes de ser discípulos, y habían pasado casi más tiempo en el agua que en la tierra. Juntos, probaron todo lo que sabían para intentar dirigir el barco y pasar la tormenta.

No pasó mucho tiempo, sin embargo, cuando el viento empezó a agarrar fuerza y arreciaba la tormenta. Finalmente, cuando las olas empezaron a chocar contra el barco llenándolo de agua, los discípulos se miraron unos a otros y gritaron: «¡Jesús!».

Miraron a su alrededor y vieron a su maestro, tumbado sobre un cojín en la parte trasera del barco. Mientras los discípulos habían estado peleando, la tormenta arreciando, y las olas chocando contra el barco, Jesús había estado durmiendo tranquilamente. *¡¿Cómo podía estar durmiendo?!*

«¡Jesús!», gritó uno de los discípulos. «¡Nos vamos a ahogar! ¡¿No te importa?!».

Jesús se levantó en la parte trasera del barco y gritó: «¡Vientos, tranquilos! ¡Olas, cálmense!».

Inmediatamente, el agua se quedó quieta como el cristal, y el viento se calmó.

«¿Por qué estaban tan asustados?», les preguntó Jesús. «¿Acaso no tienen fe?».

Los discípulos se quedaron mirando a Jesús asombrados.

«¿Quién es este hombre?», susurró finalmente uno de ellos. «¿Qué clase de hombre puede hacer que incluso el viento y las olas le obedezcan?».

Era una pregunta que no sería respondida ese día. Aunque la respuesta estaba delante de ellos, los discípulos no entendieron plenamente qué clase de hombre era Jesús hasta que caminaron con Él y terminó el curso de su vida en esta tierra. Incluso entonces, la respuesta sería difícil de creer.

Los discípulos fueron a despertarlo.
—¡Maestro, Maestro, nos vamos
a ahogar! —gritaron.
Él se levantó y reprendió al viento y
a las olas; la tormenta se apaciguó
y todo quedó tranquilo.
—¿Dónde está la fe de ustedes? —les
dijo a sus discípulos.
Con temor y asombro ellos se decían unos
a otros: «¿Quién es este, que manda aun
a los vientos y al agua, y le obedecen?».

Lucas 8.24, 25

EL BUEN SAMARITANO

Lucas 10

U na día mientras Jesús predicaba, surgió una pregunta entre la multitud. «Maestro, ¿cómo consigo vida eterna?», preguntó un hombre experto en la ley religiosa.

«¿Qué dice la ley?», respondió Jesús. «¿Y qué crees que significa?».

«Bueno, la ley dice que ames a Dios con todo tu corazón, con toda tu alma, con toda tu mente y con todas tus fuerzas», dijo el hombre. «Y que ames a tu prójimo como a ti mismo».

«Exacto», respondió Jesús. «Eso es lo que tienes que hacer».

«Bueno, un momento», continuó el hombre, queriendo hacer a Jesús una pregunta más difícil. «¿Quién es mi prójimo?».

Jesús respondió a la pregunta del hombre con una historia que contenía una lección: una parábola. Le contó a la gente sobre un hombre al que robaron cuando viajaba de Jerusalén a Jericó. Los ladrones le quitaron todo lo que tenía y le golpearon, dejándolo apenas respirando y tirado a un lado del camino.

Un rato después, un sacerdote pasó por ese camino. Cuando vio al hombre herido allí tirado, dañado y casi sin vida, el sacerdote cruzó al otro lado del camino, apartándose del hombre, y siguió su camino.

Después del sacerdote, pasó por el mismo camino un levita: un hombre que trabajaba en el templo. Cuando vio al hombre herido hizo lo mismo que el sacerdote, pasando de largo por el otro lado del camino.

Finalmente, Jesús contó que un samaritano llegó por aquel camino. Todos sabían que los judíos y los samaritanos se detestaban. Había un odio que existía desde hacía mucho tiempo entre los dos grupos de personas. Las dos primeras personas eran judías, pero el tercero, el samaritano, era sin duda la persona menos esperada para ayudar a un judío tirado a un lado del camino.

Aun así, cuando *este* samaritano vio al hombre judío allí tirado, corrió hacia él. Le limpió las heridas, les echó aceite, y las vendó. Después lo montó en su burro y lo llevó a la posada más cercana. El samaritano lo llevó a la habitación e incluso cuidó de él por la noche. A la mañana siguiente, el samaritano pagó al posadero y le pidió que cuidara del hombre, ofreciéndose para pagar cualquier otra cosa que necesitara.

Al terminar su historia, Jesús miró al experto de la ley religiosa y le preguntó: «¿Cuál de estos tres hombres crees que actuó como un prójimo del hombre al que robaron?».

«El que lo cuidó», respondió el hombre.

«Entonces ve», dijo Jesús, «y haz tú lo mismo».

¿Cuál de estos tres piensas que demostró ser el prójimo del que cayó en manos de los ladrones?
—El que se compadeció de él
—contestó el experto en la ley.
—Anda entonces y haz tú lo mismo —concluyó Jesús.

Lucas 10.36. 37

LO PEQUEÑO
Y LO PERDIDO

Lucas 15

Una vez, Jesús contó una parábola sobre una oveja perdida para enseñar a la gente sobre el reino de Dios, para describir lo que Él haría para salvar al perdido, al quebrantado, y al rechazado. Dijo: «Piénsenlo. Si tuvieran cien ovejas, ¿qué harían si perdieran una? ¿No dejarían las otras noventa y nueve en el campo para ir a buscar a esa oveja perdida? Entonces, cuando por fin la encontraran, ¿no la llevarían a casa sobre los hombros, celebrando en todo el camino? Así es como el cielo se alegra cuando un pecador se arrepiente».

Jesús dejó claro que, en el reino de Dios, cada alma importa. Cada persona que estaba perdida y llega a conocer a Dios es celebrada, incluso más que aquellos que ya creen. Como un pastor que encuentra a su oveja perdida, Dios quiere llevar a todas las personas a su reino, para vivir en la seguridad de su amor para siempre.

Para reforzar su punto, Jesús puso otro ejemplo. Dijo: «Si una mujer tiene diez monedas de plata y pierde una, ¿qué hace? ¡Enciende una lámpara! ¡Barre la casa! Busca cuidadosamente hasta que encuentra esa moneda. Cuando la encuentra, llama a todos para celebrar con ella porque ha encontrado su moneda perdida. Así es como los ángeles del cielo se alegran por un solo pecador que se arrepiente».

Usando estas parábolas, Jesús trataba de enseñar a la gente cuánto eran amados y valorados por Dios. El amor y el cuidado de Dios no solo se aplican a los adultos. Él ama y valora a todos, a mayores y a pequeños por igual.

Una vez cuando Jesús estaba enseñando, algunos padres llevaron a sus hijos a verlo. Querían que Jesús pusiera las manos sobre los niños y los bendijera, pero cuando los niños se acercaron a Jesús, los discípulos los apartaron a ellos y a sus padres. ¿No era Jesús demasiado importante y estaba muy ocupado como para pasar tiempo con esos niños?

No, no lo estaba. Y Él lo dejó muy claro.

«No los aparten», dijo Jesús a sus discípulos. «Dejen que los pequeños vengan a mí. El reino de los cielos les pertenece, y a personas como ellos, que tienen corazones abiertos y dependen de mí».

Con eso, los discípulos dieron un paso atrás y dejaron que los niños pasaran tiempo con Él. Observaban maravillados, dándose cuenta de que el Hijo de Dios no era como cualquiera, y su reino era diferente a todo lo que habían visto y oído jamás.

Les digo que así es también en el cielo:
habrá más alegría por un solo pecador
que se arrepienta que por noventa y nueve
justos que no necesitan arrepentirse.

Lucas 15.7

Les aseguro que el que no reciba
el reino de Dios como un niño, de
ninguna manera entrará en él.

Lucas 18.17

EL HIJO PRÓDIGO

Lucas 15

Mientras explicaba cuánto valora Dios a cada persona en el reino de Dios, Jesús contó una parábola sobre un padre y sus dos hijos.

Un día, el hijo menor le pidió a su papá que le diera la parte de la herencia que le correspondería cuando el padre muriera. El padre le concedió su petición y dividió sus propiedades, dándole al hijo pequeño el dinero de su parte.

El hijo mayor se quedó en casa y continuó trabajando para su papá, mientras el hijo menor se fue, viajando a lugares lejanos. Vivió una vida desenfrenada, haciendo lo que quería, cuando quería, y gastándose todo el dinero que había heredado.

Desgraciadamente, en ese tiempo una hambruna (grave escasez de comida) azotó el país donde él vivía. Pudo conseguir un empleo dando de comer a los cerdos de un lugareño, pero para entonces, ¡el hijo tenía tanta hambre que era tentado a comerse la comida que daba a los cerdos!

En ese momento, se dio cuenta de cuán necio había sido y qué desastre de vida había llevado. «Incluso los sirvientes de mi padre tienen más comida que yo», pensó. «Ellos incluso tienen comida de sobra, ¡y yo me estoy muriendo de hambre!».

Cuando se dio cuenta de su error, el hijo comenzó el largo camino de regreso a casa. Esperaba que su papá no lo rechazara cuando llegase, aunque sabía que se lo merecía. No se atrevía a esperar que su padre lo volviera a acoger como hijo y heredero, pero si tan solo pudiera convertirse en uno de los obreros de su papá, eso sería suficiente.

Cuando el hijo menor se acercaba a la casa de su papá, miró fijamente y vio la figura de la casa que había abandonado en el horizonte. Podía ver la silueta de un hombre a lo lejos. El hijo se detuvo. ¿Debería intentar volver a casa? Después de todo lo que había hecho (malgastando su herencia, sin mencionar en qué se lo había gastado), ¿por qué le volvería a hablar su papá?

Nervioso, y ahora más despacio, el hijo caminó hacia la figura a lo lejos. Sabía que no era digno de ser llamado hijo de su padre, pero no tenía otro lugar donde ir.

De repente, el hijo vio moverse la silueta a lo lejos. Empezó a correr hacia él. ¡Era su padre! ¿Estaría enojado? ¿O estaría contento de verlo?

El hijo caminó cauteloso hacia la figura de su padre, pero su padre no dejaba de correr hacia él. El padre corrió hasta que por fin le pudo dar un abrazo. Le dio un beso y le dio la bienvenida a casa.

El hijo inclinó la cabeza. «Padre, espera, debo decirte algo», dijo el hijo, agachando la cabeza avergonzado. «He pecado contra Dios y contra ti. No soy digno de ser llamado tu hijo, pero si pudieses aceptarme como un sirviente…».

Su padre no pareció haberlo escuchado. «¡Rápido!», les dijo a los sirvientes. «Traigan la mejor túnica que encuentren. ¡Traigan un anillo y zapatos nuevos para mi hijo! ¡Vayan a preparar una gran fiesta! ¡Vamos a celebrar!».

¿Celebrar? pensó el hijo. *¿Acaso no ha escuchado nada de lo que acabo de decir?*

«¡Mi hijo, mi hijo que yo creía que estaba muerto!», exclamó el padre. Los sirvientes y la familia se juntaron para ver a qué venían tantos gritos, y el padre continuó: «¡Miren! ¡Aquí está! ¡Vivo! Estaba perdido, ¡pero ahora es hallado!».

Todos celebraron, abrazando al joven hijo y dándole la bienvenida. Los sirvientes prepararon la fiesta, y comenzó la gran celebración.

El hijo mayor volvía del campo cuando escuchó algo. ¿Música? ¿Estaban bailando? Llamó a uno de los sirvientes. «¿Qué está pasando?», preguntó.

«Tu hermano, ¡ha vuelto a casa!», exclamó el sirviente. «¡Estamos haciendo una fiesta!».

El hermano mayor no se lo podía creer. Dejó al sirviente y entró enojado a la casa. Cuando llegó, se quedó de pie fuera de la fiesta, observando furiosamente y negándose a participar de la celebración.

Su papá salió a verlo. «¡Ven! ¡Únete a la fiesta!», le dijo. «¡Tu hermano ha regresado por fin!».

«¡¿Estás bromeando?!», preguntó el hijo mayor. «¡Yo he estado trabajando para ti todos estos años! Nunca te he desobedecido, *¡ni una vez!* ¡Y nunca has hecho una fiesta en *mi* honor!». Señaló enojado a la fiesta antes de continuar. «¡¿Pero esto?! ¡Él ha malgastado toda la herencia que le diste en una vida escandalosa y quién sabe qué más!¡ ¿Y le estás haciendo *una fiesta*?!». El hijo mayor se cruzó de brazos, furioso, y apartó la mirada en señal de desaprobación.

«Tienes razón», dijo el padre, sonriendo y abrazando al hijo mayor. «Has estado conmigo todo este tiempo, y todo esto, todo lo que tengo, es *tuyo*. Pero tu hermano se había ido. Estaba perdido. ¡Para nosotros estaba prácticamente muerto y ahora está vivo otra vez! Ha sido encontrado, ¡ha vuelto! ¿Cómo podríamos *no* celebrar eso?».

Con esta historia, Jesús lo dejó muy claro: no importa dónde hayamos estado, qué hayamos hecho, o por lo que hayamos pasado, nuestro Padre siempre nos dará la bienvenida a casa con amor y emoción, perdonándonos y abrazándonos con brazos de amor.

Tengo que volver a mi padre y decirle: Papá, he pecado contra el cielo y contra ti. Ya no merezco que se me llame tu hijo; trátame como si fuera uno de tus jornaleros.

Lucas 15.18, 19

Así que emprendió el viaje y se fue a su padre. Todavía estaba lejos cuando su padre lo vio y se compadeció de él; salió corriendo a su encuentro, lo abrazó y lo besó.

Lucas 15.20

LA PRIMERA PIEDRA

Juan 8

Temprano una mañana, justo al amanecer, Jesús entró al patio que rodeaba el templo. Según caminaba, la gente empezó a juntarse alrededor de Él, como solían hacer. Viendo que se formaba una multitud, Jesús se sentó en un lugar donde podía enseñarles y hablar con ellos.

Mientras Jesús hablaba, fue interrumpido de repente por el ruido de un escándalo entre la multitud. Los fariseos, que eran algunos de los líderes religiosos más estrictos, se estaban abriendo paso para poder llegar hasta Jesús, llevando con ellos a una mujer. La mujer iba cabizbaja, con el cabello despeinado y sus mejillas llenas de lágrimas.

«¡Maestro!», gritaron los fariseos. «¿Ves a esta mujer? ¡La han descubierto en la cama con otro hombre que no es su esposo! Según la ley de Moisés, debemos apedrearla, pero ¿qué dices *tú*?».

El conocimiento de Jesús sobre la Palabra de Dios, su poder de hacer milagros, y su creciente fama por toda la región eran una amenaza para los líderes religiosos. En respuesta a esa amenaza, estaban dispuestos a hacer cualquier cosa para lograr que Jesús dijera algo en contra de la ley de Moisés, o en contra de las autoridades romanas y sus leyes, para poder atraparlo.

Esta vez, habían arrastrado a una mujer por las calles y hasta el patio del templo para probar la sabiduría y la compasión de Jesús. ¿Seguiría Él la ley que Dios le dio a Moisés y apedrearía a esta mujer delante de todos, yendo en contra de la amabilidad y compasión que siempre predicaba? ¿O iría en contra de la ley de Dios, declarándose a sí mismo un fraude?

Plenamente Dios y plenamente humano, Jesús podía ver cuáles eran sus planes. Él amaba y entendía a la gente más de lo que cualquier ser humano pudiera imaginar.

Un silencio llenó la multitud mientras esperaban la respuesta de Jesús a la prueba de los fariseos.

Jesús no dijo ni una sola palabra. Simplemente se arrodilló y empezó a escribir en la tierra con el dedo.

«¡Vamos, *Maestro*! ¿Qué dices?», demandaron los fariseos.

Jesús se puso de pie. Miró a la mujer que temblaba, después miró a la multitud, y después a los líderes religiosos. «De acuerdo», dijo. «Cualquiera de ustedes que nunca haya pecado, que venga aquí. Será el primero en tirarle una piedra».

Entonces, Jesús volvió a agacharse y siguió escribiendo en la tierra.

Después de un silencio incómodo, un anciano se retiró. Después la señora de al lado se fue. Un fariseo también se retiró,

y luego otro. Uno a uno, toda la gente, del más mayor hasta el más pequeño, todas y cada una de las personas se fueron hasta que la multitud entera se dispersó.

Solamente quedó la mujer. Aún esperando su sentencia, se quedó de pie junto a Jesús.

Jesús se puso de pie y miró a su alrededor. «¿Dónde están?», preguntó. «¿Dónde están las personas que te querían condenar y castigar? ¿No ha quedado nadie?».

«No», dijo ella, negando con la cabeza. «Nadie, Señor».

«Entonces yo tampoco te condeno», respondió Jesús, lleno de compasión. «Ahora ve, y deja atrás tu vida de pecado para siempre».

Esta mujer, al borde de un castigo mortal, fue llevada de nuevo a los brazos de la gracia de Dios.

ele

Entonces él se incorporó y le preguntó:
—Mujer, ¿dónde están? ¿Ya
nadie te condena?
—Nadie, Señor.
—Tampoco yo te condeno. Ahora
vete, y no vuelvas a pecar.

Lucas 8.10, 11

«LÁZARO, ¡SAL FUERA!»

Juan 11

Jesús estaba viajando con sus discípulos cuando recibió un mensaje: «Tu amigo Lázaro está enfermo». Este mensaje venía de parte de Marta y María, las hermanas que habían recibido a Jesús y a sus discípulos en su casa. Lázaro era su hermano, y juntos vivían en Betania, un pueblo a las afueras de Jerusalén. Cuando Lázaro se enfermó gravemente, María y Marta mandaron a llamar a Jesús, sabiendo que Él haría que su hermano se pusiera bien.

Pero cuando Jesús recibió la noticia, no se dio prisa en llegar a Betania. Simplemente dijo: «Esto no terminará en muerte; terminará dándole la gloria a Dios».

Los discípulos no entendían. Jesús amaba a María, Marta y Lázaro. ¿Por qué no iba inmediatamente a sanarlo? ¿Por qué no iba a ver cómo estaba Lázaro?

Finalmente, cuando pasaron dos días, Jesús les dijo a sus discípulos: «Volvamos a Judea. Lázaro está durmiendo, y voy a despertarlo». Así que Jesús se dirigió hacia allí.

Los discípulos lo siguieron, intercambiando miradas de desconcierto. Finalmente, habló uno de ellos. «Eh, Jesús, si Lázaro solo está durmiendo, va a estar bien. ¿Por qué vamos a ir hasta allí solo para molestarlo?».

Jesús se detuvo y se giró para mirarlos. «Lázaro ha muerto», lo dijo despacio esta vez para que pudiesen entenderlo. «Me alegro de no haber estado allí cuando murió para que puedan ver lo que va a pasar. Vamos a verlo, y entonces tal vez creerán».

Jesús continuó su camino y los discípulos lo siguieron, pensando en las palabras de Jesús. ¿Qué iba a hacer esta vez?

Cuando Jesús y sus discípulos se acercaban a la aldea, alguien los vio y fue corriendo a decírselo a Marta. «¡Ya viene!», gritó la persona. «¡Jesús está llegando!». Marta salió corriendo de la casa y fue a recibir a Jesús fuera de la aldea. María, sin embargo, se quedó en la casa con los que lloraban por la muerte de su hermano.

Cuando Marta vio a Jesús, le abrazó y dijo: «Oh, Señor, si hubieras estado aquí, sé que podrías haberlo salvado». Meneó la cabeza con tristeza, entonces miró a Jesús esperanzada y dijo: «Pero, aún ahora podrías pedir cualquier cosa que quisieras, y Dios te lo daría, ¿verdad?».

Jesús le mostró una tierna sonrisa. «Tu hermano será levantado otra vez», prometió.

«Sí, sí, lo sé», respondió Marta, un poco decepcionada. «Será levantado de la muerte en el día final».

«¿Marta?», dijo Jesús dulcemente.

«¿Sí, Señor?», respondió ella.

«Yo soy la resurrección. *Yo soy* la vida. Cuando alguien cree en mí, vivirá para siempre, incluso cuando muera. Cuando alguien cree en mí, *nunca* muere», dijo Jesús, mirando a los ojos a Marta. «¿Crees que esto es verdad?».

«Sí, Señor», respondió ella, asintiendo sinceramente. «Creo. Sé que eres el Mesías, el Hijo de Dios».

Él le dio un abrazo. «Bien, ahora ¿dónde está María?», preguntó.

Marta fue corriendo de vuelta a la casa. «¡María! María, vamos», exclamó. «Jesús ha llegado, y quiere verte».

María se puso de pie de un salto y corrió a recibir a Jesús. Una multitud de gente se había reunido en la casa con ella; habían llegado de todas partes de Jerusalén para dar el pésame a la familia de Lázaro. Cuando la gente vio que María salía corriendo, pensaron que iba a la tumba de Lázaro, así que la siguieron.

Cuando María vio a Jesús, se deshizo en lágrimas a sus pies. «Oh, Jesús», dijo, «mi hermano no habría muerto si hubieras estado aquí». Quienes la habían seguido también empezaron a llorar, y Jesús se conmovió profundamente por su tristeza.

«¿Dónde está?», les preguntó Jesús.

«Por aquí», respondieron María y Marta, guiando al grupo silencioso y triste a la tumba de Lázaro. Jesús les seguía. Él lloró, compartiendo la tristeza que sentían Marta y María por la pérdida de su hermano, su querido amigo, compartiendo la tristeza y el dolor que causa la muerte para el mundo.

«Miren cuánto quería a Lázaro», susurró una persona.

Otro dijo: «Si este hombre puede hacer milagros, ¿por qué no pudo evitar que Lázaro muriera?».

Cuando llegaron a la tumba, todos se reunieron alrededor. La tumba estaba construida en la ladera de una montaña. Era una cueva, con la entrada tapada con una enorme piedra.

«Quiten la piedra», dijo Jesús.

«Pero, Jesús», interrumpió Marta, «ya ha estado ahí dentro cuatro días. Va a oler muy mal si abres la tumba».

Jesús le miró y dijo: «¿Te acuerdas de lo que te dije antes? Si crees, verás la gloria de Dios».

Marta dio un paso atrás, y observó cómo unos hombres rodaban la piedra de la entrada de la tumba.

Jesús miró al cielo y dijo: «Padre, sé que ya has oído mi oración. Sé que *siempre* me oyes, pero quiero que todos los demás me oigan para que crean que tú me enviaste».

Entonces Jesús gritó: «¡Lázaro, sal fuera!».

La multitud se quedó atónita al ver la seguridad con la que daba la orden.

Se escucharon ruidos dentro de la tumba. La sombra de una figura apareció en la apertura de la cueva. Salió una mano, con pedazos de tela colgando de ella, palpando sus pasos hacia la libertad. La figura estaba envuelta en lino de pies a cabeza.

«Desátenlo. Déjenlo libre», dijo Jesús.

Poco a poco, la eliminación de la tela con la que lo habían envuelto reveló lo imposible. Lázaro, el hombre que había estado muerto y enterrado, ¡ahora estaba vivo!

Este acto de resurrección conduciría finalmente a la muerte de Jesús. Cuando oyeron acerca de este acto milagroso, los fariseos decidieron, de una vez por todas, que debían deshacerse de Jesús. Decidieron en ese momento y allí mismo que debían encontrar una manera de matar a Jesús.

Jesús le estaba enseñando al mundo, poco a poco, el milagro que era Él mismo: el Salvador del mundo. Algunos creyeron en Él. Otros lo rechazaron. Pero todos tendrían la oportunidad de desenvolver y aceptar el regalo del cielo, dado al mundo por un Dios de amor.

Entonces Jesús le dijo:
—Yo soy la resurrección y la vida.
El que cree en mí vivirá, aunque
muera; y todo el que vive y cree en
mí no morirá jamás. ¿Crees esto?

Juan 11.25, 26

LA ÚLTIMA CENA

Mateo 21, 26; Juan 13

Los días de Jesús en la tierra estaban llegando a su fin. Él lo sabía. Lo sentía.

Jesús también sabía que sus discípulos no entendían aún que les iba a ser quitado de ellos. Aunque sería difícil, Él sabía que, al final, eso sería lo mejor para todos ellos, para todo el mundo. Con el poco tiempo que le quedaba, Jesús seguía enseñando y preparando a sus amigos, sus seguidores, para lo que iba a llegar.

Cierto día en el que Jesús y sus discípulos entraban en Jerusalén, se respiraba un aire de emoción en el ambiente. La Pascua se acercaba y Jesús la celebraría en la ciudad con sus discípulos.

Jesús había enviado a sus discípulos a la ciudad a conseguir un burrito, para hacer su entrada en Jerusalén. Al hacerlo, Él sabía que estaba cumpliendo las palabras del profeta Zacarías que decían que el rey entraría en Jerusalén montado en un burrito.

Cuando Jesús se acercaba a Jerusalén, fue recibido como un rey en su bienvenida. La multitud aumentaba y su emoción crecía cada vez más al ver a Jesús entrando en la ciudad. Su camino estaba lleno de túnicas que la gente arrojaba al suelo para hacer una senda apropiada para un rey. Otros tomaban ramas de palmeras y las ponían en el suelo para que Jesús y su burrito pasaran por encima, o las movían en el aire, aclamando fuertemente a Jesús.

Cuando Jesús se acercó más a la ciudad, se había formado una multitud grande a su alrededor, abriéndole camino delante, siguiéndolo por detrás y también a cada lado del camino por el que transitaba. Todos gritaban: «¡Hosanna! ¡Hosanna! ¡Bendito el que viene en el nombre del Señor!».

Mientras la celebración recorría la ciudad, las personas salían para ver de qué se trataba tanto alboroto. «¿Quién es? ¿Qué gritan?», preguntaban.

Las multitudes respondían: «Es Jesús».

Ahora todos estaban felices de ver a Jesús entrar en Jerusalén. Cuando los gritos de la gente llegaron a los oídos de los líderes religiosos, se enfurecieron con Jesús y demandaron que Él detuviera esa ruidosa celebración. Jesús sabía lo que ellos tramaban contra Él, pero aún le quedaba trabajo por hacer en esta tierra.

Cuando llegó el momento de celebrar la Pascua, Jesús les dijo a sus discípulos: «Hay un hombre en la ciudad. Vayan a él y díganle que el maestro quiere celebrar la Pascua en su casa». Los discípulos hicieron lo que Jesús dijo y prepararon la cena de la Pascua.

Mientras se reunían alrededor de la mesa para comer, solo Jesús sabía plenamente lo que iba a suceder. Sería la última cena

que compartirían antes de su muerte. Él quería dar un ejemplo a sus discípulos de cómo vivir antes de dejarlos.

Jesús se levantó y se quitó su túnica. Después se puso una toalla en la cintura y puso agua en un recipiente.

Pedro dijo: «Señor, no pretenderás lavarme los pies, ¿verdad?».

«Ahora tú esto no lo entiendes», respondió Jesús, «pero un día lo entenderás».

Pedro se levantó. «No, nunca me lavarás los pies», insistió.

«De acuerdo», respondió Jesús. «Pero si no te lavo los pies, no podrás tener parte conmigo».

«En ese caso», dijo Pedro, «lávame los pies, y las manos y la cabeza también».

Jesús, el maestro, el Salvador, lavó todos los pies polvorientos y olorosos de esa sala. Después se volvió a poner la túnica y se sentó en la mesa nuevamente. «¿Entienden lo que acabo de hacer?», les preguntó. «Ustedes me llaman "maestro" y me llaman "Señor". Lo cierto es que soy ambas cosas, pero les he lavado los pies como si fuera un siervo. Así es como deberán tratarse unos a otros, lavando los pies a los demás y sirviéndose unos a otros como yo les he servido».

Cuando estaban comiendo, Jesús dijo: «Esta noche, uno de ustedes me traicionará».

Los discípulos estaban impactados. Habían caminado con Jesús y habían visto milagros. ¿Quién entre ellos se atrevería

a traicionarlo? ¿Quién de entre ellos podrían volverse contra Aquel que les había mostrado tanto amor?

Judas alzó su voz: «No te refieres a mí, ¿verdad, maestro?».

«Tú lo has dicho», respondió Jesús. «Ve y haz lo que tienes planeado hacer, pero hazlo rápido». Judas se levantó y se fue de la sala.

¿Qué podría significar eso? ¿Por qué se iba Judas ahora? Las mentes de los discípulos estaban llenas de muchas preguntas y muy pocas respuestas.

Jesús se centró de nuevo en la cena, tomó pan en sus manos, lo partió y dio un pedazo a cada uno de los discípulos, diciendo: «Este es mi cuerpo».

Después, tomó su copa y dijo: «Esta es mi sangre, la sangre de la promesa, derramada por todos para el perdón de sus pecados. Será la última vez que la beba con ustedes hasta que volvamos a estar juntos en el reino de Dios».

Jesús intentaba decirles algo importante, pero era difícil para ellos entenderlo. En realidad Él no se iba a ir, ¿cierto? ¿No moriría en verdad?

Jesús interrumpió sus pensamientos agitados y dijo: «Esta misma noche, todos me dejarán solo».

«¡Yo no!», dijo Pedro. «Yo nunca te dejaré».

«Pedro, es cierto», respondió Jesús. «Antes de que cante el gallo al amanecer me negarás, y no una sola vez, sino tres veces».

«Nunca», dijo Pedro, meneando negativamente su cabeza. «Estaría dispuesto a *morir* contigo».

Los otros discípulos dijeron lo mismo que Pedro, y su última cena con Jesús llegó a su fin.

Con amor, Jesús había tenido sus sucios pies entre sus manos y había limpiado el polvo de los caminos de tierra, volviéndolos a dejar limpios. Anunció la traición y negación de aquellos

que más lo amaban en la tierra, y también dio el pan y la copa, su cuerpo y su sangre, a quienes lo dejarían solo, a quienes no podían entenderlo del todo.

También tomó pan y, después de dar gracias, lo partió, se lo dio a ellos y dijo: —Este pan es mi cuerpo, entregado por ustedes; hagan esto en memoria de mí. De la misma manera tomó la copa después de la cena, y dijo: —Esta copa es el nuevo pacto en mi sangre, que es derramada por ustedes.

Lucas 22.19, 20

JESÚS ES TRAICIONADO

Mateo 26

Después de cenar juntos, Jesús y sus discípulos fueron a un huerto llamado Getsemaní.

«Quédense aquí», les dijo Jesús. «Voy a apartarme un momento a orar».

Jesús tomó a Pedro, Jacobo y Juan con Él y se adentraron en el huerto. Sus pasos se enlentecieron hasta detenerse a medida que asimilaba el peso de todo lo que estaba a punto de suceder. Los tres discípulos veían a su maestro, preocupados.

«Mi alma se llena de tristeza», les dijo Jesús. «Por favor, quédense aquí conmigo. Manténganse despiertos».

Jesús avanzó un poco más en solitario, y después se puso de rodillas. Con su rostro postrado en el suelo, comenzó a orar, diciendo: «Padre, si es posible, que pase de mí esta copa. Pero que todo sea conforme a tu voluntad, y no la mía».

Cuando terminó de orar, Jesús regresó con sus discípulos, pero estaban dormidos. «¿Es que no han podido velar ni una hora?», le dijo Jesús a Pedro. «Por favor, quédense aquí y velen. Oren para que no sean tentados. Su espíritu está dispuesto, pero su cuerpo es débil».

Entonces Jesús regresó para seguir orando. «Padre, si esta es la única manera, que así sea. Oro para que se haga tu voluntad».

Cuando Jesús regresó, los discípulos se habían vuelto a dormir, así que los dejó y volvió a orar una vez más. Cuando regresó la tercera vez, les dijo: «¿Aún siguen durmiendo? Vamos, es hora de irnos. Ya llega el que me va a traicionar».

Antes de que Jesús pudiera terminar su frase, llegó Judas. Detrás de Judas había un grupo de hombres, con espadas y palos en alto, listos para capturar a un criminal.

Judas dijo: «Hola, Maestro», y besó a Jesús en la mejilla.

«Amigo», respondió Jesús, «¿con un beso traicionas al Hijo del Hombre?».

Ese beso era una señal secreta. Ahora todos los sabían: *este* hombre era al que los líderes religiosos querían. Este era *Jesús*.

Inmediatamente, los hombres con palos y espadas prendieron a Jesús. Pedro, intentando defender a su maestro, sacó su espada y atacó a uno de ellos, el siervo del sumo sacerdote, cortándole la oreja.

«¡Baja la espada, Pedro!», dijo Jesús. «Podría clamar a mi Padre ahora mismo y tener una decena de ejércitos de ángeles dispuestos a pelear por mí. Pero si lo hiciera, las Escrituras nunca se cumplirían».

Jesús se acercó y sanó la oreja del hombre, diciendo: «Los que usan la espada morirán a espada».

Después se giró hacia la multitud y les preguntó: «¿Por qué vinieron a buscarme de noche con espadas y palos para capturarme? Saben que solía estar en el templo cada día, pero no me arrestaron allí, ¿cierto? Esto también cumple lo que anunciaron las Escrituras».

La furiosa multitud se llevó a Jesús, y los discípulos se dispersaron. Pero Pedro y otro discípulo lo siguieron a cierta distancia.

Los hombres llevaron a Jesús ante Caifás, el sumo sacerdote. Muchos de los otros líderes religiosos también estaban allí esperándolos. Pedro intentó ver y oír lo que sucedía. Los hombres estaban intentando encontrar alguna evidencia contra Jesús para poder sentenciarlo a muerte. Muchas personas llegaron, diciendo mentiras acerca de Jesús.

Finalmente, el sumo sacerdote le dijo: «Jura por el Dios vivo que responderás con la verdad, y dinos: ¿Eres tú el Mesías? ¿Eres el Hijo de Dios?».

«Tú lo has dicho», respondió Jesús. «Y les diré a todos aquí hoy: en el futuro, me verán sobre el trono en el cielo, sentado a la diestra de Dios».

El sumo sacerdote se enfureció. Rasgó sus vestiduras y gritó: «¿Quién necesita más testigos? ¡Todos ustedes lo han oído!».

Siguiendo el ejemplo del sacerdote, la multitud se enojó más. Golpearon a Jesús. Le escupieron. Se burlaron de Él. Se había hecho semejante a Dios, un delito por el que, según la ley judía, merecía morir.

Mientras sucedía todo esto, Pedro observaba desde fuera. Una muchacha se acercó a él y dijo: «¡Tú eres uno de los que estaban con Jesús!».

«¿Quién? ¡No! ¿Yo? Tonterías», dijo Pedro, y se alejó rápidamente.

En las puertas, otra sirvienta lo vio y gritó a todos los que tenía a su alrededor: «¡Este hombre estaba con Jesús!».

Pedro respondió: «Lo juro, ¡no conozco a ese hombre!».

Entonces las personas que estaban cerca dijeron: «Lo sabemos por tu manera de hablar. Eres galileo, como Jesús. ¡Tu acento te delata!».

«¡Están locos!», les gritó Pedro. «¡Ya se lo dije! ¡No le conozco!».

En ese mismo instante cantó un gallo, y las palabras de Jesús resonaron en el recuerdo de Pedro: «Me negarás tres veces». Pedro no se lo podía creer. Había negado a su maestro, a su amigo. Huyó de la multitud corriendo, con lágrimas amargas corriendo por su rostro.

¿Cómo había podido ir tan mal la noche? Hacía poco, este hacedor de milagros les había lavado los pies a todos, y ahora este hombre, este Mesías, había sido apresado, había recibido burlas y había sido golpeado. ¿Qué estaba ocurriendo? ¿Cómo podía ser esto parte del plan?

Yendo un poco más allá, se postró sobre su rostro y oró: «Padre mío, si es posible, no me hagas beber este trago amargo. Pero no sea lo que yo quiero, sino lo que quieres tú».

Mateo 26.39

EL SALVADOR MUERE

Mateo 27; Marcos 15; Lucas 23; Juan 18—19

Al amanecer esa mañana, las cosas solo parecían empeorar para Jesús. Los líderes religiosos habían atado sus manos como si de un criminal se tratara y lo llevaron ante Pilato, el gobernador. Delante de la casa de Pilato, continuó el interrogatorio.

«¿Eres tú el rey de los judíos?», le preguntó Pilato.

Si Jesús decía «sí», se consideraría un acto de traición, un delito que merecía la muerte.

«Tú has dicho que lo soy», respondió Jesús.

Los líderes principales y ancianos seguían arremetiendo contra Jesús. Jesús estaba de pie en silencio, asumiendo todo, mientras ellos intentaban probar que merecía la muerte. Pilato no se lo podía creer. Esta no era la conducta del típico criminal. No había argumentos, ni demandas en protesta por su inocencia, ni dedos señalando en contestación a sus acusadores. Este hombre, Jesús, tan solo escuchaba mientras se lanzaba sobre Él toda una pila de acusaciones. Ni siquiera había intentado defenderse.

«¿No escuchas lo que dicen?», preguntó Pilato a Jesús. «¿No te defiendes?».

Jesús no decía ni una palabra. Aunque Pilato sabía que esas acusaciones se las estaban inventando los líderes religiosos por razones egoístas, Jesús no protestaba ante sus afirmaciones.

«¿De dónde eres?», le preguntó Pilato a Jesús, pero su silencio continuaba. «¿Por qué no me respondes?», indagó Pilato. «¿No sabes que tengo el poder de salvarte o sentenciar tu muerte?».

«El único poder que tienes sobre mí», le dijo Jesús, «es el poder que te ha sido dado de arriba».

Pilato se hartó. Sabía que Jesús debería ser liberado, pero los líderes judíos seguían insistiendo en que Jesús debía ser castigado. Por fortuna, era la fiesta de la Pascua y tenían la tradición de que cada año, como parte de la fiesta, el gobernador liberaba a un prisionero escogido por la multitud. Pilato le dio dos opciones a la multitud congregada: un notorio asesino llamado Barrabás, o Jesús.

«Ahora, ¿a cuál de estos prisioneros quieren que libere?», preguntó Pilato, tomando su asiento ante la multitud.

Pilato observaba que su plan de liberar a Jesús comenzaba a venirse abajo cuando vio que los líderes religiosos persuadían a la gente, provocándolos para que se pronunciaran a favor de Barrabás y en contra de Jesús.

«¿A cuál quieren que libere?», preguntó Pilato a la multitud.

«¡A Barrabás! ¡A Barrabás!», gritaban.

«Entonces, ¿qué hago con este Jesús? ¿El rey de los judíos?».

«¡Crucifícalo! ¡Crucifícalo!», gritaba la multitud.

«¿Por qué delito?», respondió Pilato.

Ellos solo gritaban más alto: «¡Crucifícalo! ¡Crucifícalo!».

Pilato sabía que Jesús era inocente. Su esposa incluso le había enviado un mensaje diciendo: «Deja en paz a ese hombre inocente. Tuve un sueño terrible por causa suya anoche». Pero Pilato también sabía que no conseguiría nada con la multitud. Estaban decididos a ver a Jesús crucificado. Si las cosas no salían como ellos querían, la multitud probablemente se alzaría en rebelión contra él.

Al final, Pilato cedió. Sucumbió al poder de la multitud y al poder de los líderes judíos.

Pidió que le llevaran un bol de agua. Delante de todos, metió sus manos en el agua, se las frotó, y las alzó para que todos lo vieran.

«Yo me lavo las manos en cuanto a la sangre de este hombre», le dijo Pilato a la multitud. «La responsabilidad es de ustedes».

La gente respondió: «¡Que su sangre recaiga sobre nosotros! ¡Y sobre nuestros hijos!».

El asunto estaba decidido. Barrabás el asesino fue liberado, y Jesús, el perfecto Hijo de Dios, fue llevado para ser azotado y crucificado.

Tras azotar a Jesús, burlarse de Él y despojarlo de su ropa, los soldados hicieron una corona de espinos y la pusieron sobre la cabeza de Jesús. Se arrodillaban delante de Él, riéndose. «¡Salve, rey de los judíos!». Después condujeron a Jesús al monte donde iba a ser crucificado.

A Jesús le costaba caminar, intentando llevar la pesada cruz sobre su hombro arrastrándola detrás de su espalda. Los soldados sacaron a un hombre llamado Simón de entre la multitud. «¡Tú! ¡Ayúdale a llevar la cruz!», le ordenaron.

Juntos, Jesús y Simón caminaron hasta el Gólgota, la colina donde eran crucificados los criminales.

Siguiendo las órdenes de Pilato, los soldados clavaron a Jesús a la cruz y colgaron un letrero sobre su cabeza que decía: «Jesús de Nazaret, Rey de los judíos».

A los líderes religiosos no les gustó nada el letrero. «Debería decir que Él *afirmaba* ser el Rey de los judíos», argumentaban.

«He escrito lo que he escrito», respondió Pilato.

Los soldados levantaron la cruz en posición vertical con Jesús en ella colgado, con un criminal crucificado a cada lado de Él. «Entonces, ¿eres tú el Mesías?», le dijo uno de los criminales. «¿Por qué no lo demuestras salvándote a ti mismo y llevándonos contigo?».

El otro criminal recriminó al primero, diciéndole: «¿Acaso no tienes temor de Dios, ni siquiera cuando estás a punto de morir? Nosotros merecemos nuestro castigo, ¡pero este hombre es inocente!». El hombre a continuación se dirigió a Jesús. «Por favor, Jesús, acuérdate de mí cuando vengas en tu reino».

«Lo haré, puedes estar seguro de ello», le respondió Jesús. «Hoy estarás conmigo en el paraíso».

La madre de Jesús y sus discípulos más íntimos observaban con horror mientras Él colgaba allí bajo el sol del mediodía. El sudor se mezclaba con la sangre y corría por su frente mientras el calor secaba hasta el último gramo de sus fuerzas. De repente, una espesa oscuridad cubrió la tierra, convirtiendo el día en noche.

La oscuridad duró varias horas hasta que, finalmente, a las tres de la tarde Jesús clamó: «En tus manos, Padre, encomiendo mi espíritu».

Esas fueron sus últimas palabras. Jesús dio su último aliento.

Con ese último aliento, la tierra tembló furiosamente. Las rocas se partieron en dos. Las tumbas se abrieron. El grueso velo del templo que separaba el lugar santísimo (donde estaba el arca santa de Dios) del resto del templo se rasgó de arriba abajo. La gente corría y gritaba. Estaban aterrados.

Uno de los soldados que estaba merodeando cerca gritó: «¡Realmente *era* el Hijo de Dios!».

Cuando llegó la noche, un hombre rico de la ciudad de Arimatea fue a Pilato y le pidió el cuerpo de Jesús. Este hombre, José, había sido un seguidor secreto de Jesús y quería asegurarse de que Jesús fuera debidamente enterrado. Cuando Pilato le concedió su petición, José envolvió el cuerpo cuidadosamente en lino y puso el cuerpo de Jesús en un sepulcro nuevo. José y algunos de los discípulos rodaron una gran piedra para cubrir la entrada de la tumba.

Fue un día oscuro para todos. No solo había una oscuridad física que cubría la tierra, sino también una nube oscura de tristeza, dolor y confusión que pesaba mucho sobre los seguidores de Jesús ese día. El hombre en el que habían creído, Jesús, el Mesías, el Salvador, se había ido. Su Señor no tenía vida, y yacía en una tumba.

Aquel a quien habían esperado durante siglos, Aquel de quien las Escrituras habían profetizado que vendría, estaba muerto. Sí, Jesús les había enseñado sobre las Escrituras y había hecho milagros mientras estaba vivo, pero no había reinado exactamente sobre ningún reino. Realmente no había salvado al mundo, ¿verdad?

Juntos, los discípulos y todos los que habían creído en Él lamentaron la pérdida de Jesús, del Mesías, de su Salvador, quien se había ido demasiado pronto.

Luego dijo: —Jesús, acuérdate de mí
cuando vengas en tu reino.
—Te aseguro que hoy estarás conmigo
en el paraíso —le contestó Jesús.

Lucas 23.42, 43

Al probar Jesús el vinagre, dijo:
—Todo se ha cumplido. Luego inclinó
la cabeza y entregó el espíritu.

Juan 19.30

¡ÉL VIVE!

Mateo 28; Lucas 24; Juan 20

Los seguidores de Jesús descansaron el día de reposo, obedeciendo la ley y cumpliendo con la tradición. Muy temprano, el primer día de la semana, María y María Magdalena, que habían sido seguidoras de Jesús, regresaron a su tumba para tratar su cuerpo con especias, según su costumbre en los entierros. Cuando llegaron al sepulcro, la piedra que había estado cubriendo la entrada estaba movida de su lugar hacia un lado, dejando abierto el sepulcro.

Las mujeres entraron cautelosamente, preguntándose quién habría movido la piedra. Conforme sus ojos se adaptaban a la oscuridad de la cueva, ¡se dieron cuenta de que el cuerpo de Jesús no estaba allí! Miraron a su alrededor, ¡pero no lo encontraban por ningún lado!

De repente, aparecieron dos hombres en el sepulcro con ellas, vestidos con túnicas que resplandecían tanto como la luz del sol. Las mujeres quedaron aterradas y se arrodillaron, postrándose ante esos extraños.

«¿Por qué buscan en una tumba al que vive?», preguntaron los hombres. «¡Él no está aquí! ¡Ha resucitado de los muertos!». Las mujeres alzaron su vista cautelosamente para mirar a los hombres, y ellos continuaron: «¿No se acuerdan? Él mismo les dijo que sería crucificado y que resucitaría al tercer día».

Las mujeres se miraron entre sí, asombradas. *Se acordaron.* Sí les *había* dicho que esto sucedería. ¿Podría estar pasando?

Las mujeres soltaron todo lo que habían llevado con ellas y corrieron de regreso al lugar donde estaban reunidos los discípulos. Entraron de golpe en la habitación, sin aliento.

«¡Está vivo!», gritó una de ellas. «Fuimos al sepulcro y la piedra estaba movida ¡y Él no estaba allí! Dos hombres resplandecientes se acercaron a nosotras y nos dijeron: "Él no está aquí, ¡Él vive! Les dijo que moriría y resucitaría al tercer día"».

Los discípulos tan solo miraban fijamente a las mujeres. Algunos movían sus cabezas en descrédito. Algunos regresaron a lo que estaban haciendo, pero no Pedro. Pedro se levantó y corrió junto a otro discípulo hasta el sepulcro. Cuando llegaron allí, vieron que el sepulcro estaba como las mujeres habían dicho: vacío. ¡La tumba estaba vacía! La piedra estaba removida, y Jesús no estaba allí. Solo estaba la tela de lino en el lugar donde habían puesto a Jesús.

Tras reportar a los discípulos que el cuerpo de Jesús no estaba allí, María Magdalena también regresó a la tumba, y comenzó a llorar. A medida que caían sus lágrimas, miró una vez más el sepulcro. Esta vez vio a dos ángeles, vestidos de blanco, sentados en el lugar donde había estado el cuerpo de Jesús.

«¿Por qué lloras?», le preguntaron los ángeles.

«Porque», respondió ella, «se han llevado a Jesús, mi Señor, y no sé dónde encontrarlo».

Aún buscándolo, ella se dio la vuelta y vio a un hombre de pie cerca de ella, el cual preguntó: «¿A quién buscas?».

María Magdalena pensó que el hombre debía ser el jardinero. Entre lágrimas y dolor, ella aún no se había dado cuenta de que el Salvador mismo que ella buscaba estaba justo delante de ella.

«Por favor», dijo ella, moviendo su cabeza, «tan solo dígame dónde lo han puesto, y yo iré hasta allí».

Entonces Jesús le dijo: «María».

«¡Maestro!», gritó ella, dándose cuenta de repente de quién era y estrechando sus brazos alrededor de Él.

«Ahora ve», le dijo Jesús. «Cuéntaselo a mis hermanos».

María Magdalena corrió de regreso a contarles a los discípulos la increíble noticia.

Los discípulos estaban hablando emocionadamente sobre la noticia, la posibilidad de que Jesús hubiera regresado de los muertos. ¿Podría ser cierto? Mientras hablaban sobre todo lo que habían visto y oído, una voz familiar habló, diciendo: «La paz sea con ustedes».

Todos ellos se giraron hacia la persona que estaba en la sala con ellos. Se parecía a Jesús. Sonaba como Jesús. Pero, no podía ser, ¿verdad? ¿Sería una visión? ¿Un fantasma?

«No se asusten. No duden», les dijo. «Vean, ¡tóquenme! Un fantasma no tiene piel ni huesos como yo tengo».

Los discípulos se quedaron mirándolo fijamente, asombrados.

«¿Tienen algo de comer?», preguntó Jesús. Alguien le llevó a Jesús un pedazo de pescado, y Él se lo comió mientras ellos lo miraban. «¿Ven?», dijo él. «Realmente soy yo».

Lentamente, ellos se acercaron para ver si podía ser cierto. Hablaron con Él, comieron con Él y escucharon mientras Él hablaba. Lo abrazaron y le dieron la bienvenida de nuevo con gozo y lágrimas y un completo asombro.

El ángel dijo a las mujeres:
—No tengan miedo; sé que ustedes buscan
a Jesús, el que fue crucificado. No está
aquí, pues ha resucitado, tal como dijo.
Vengan a ver el lugar donde lo pusieron.

Mateo 28.5, 6

LA GRAN COMISIÓN

Lucas 24; Hechos 1

Durante cuarenta días estuvo Jesús con sus discípulos, mostrándoles una y otra vez, de distintas maneras, que era realmente Él, que estaba vivo. Pasó tiempo con ellos como lo había hecho antes, enseñándoles y explicándoles el Reino de Dios.

Una vez, mientras comían, Jesús les dijo: «No se vayan aún de Jerusalén. Esperen aquí hasta que reciban el regalo de mi Padre del cual les he hablado. Cuando Juan estuvo aquí bautizó con agua, pero ustedes serán bautizados con el Espíritu Santo».

Los discípulos escuchaban, intentando entender las palabras de Jesús. Le obedecieron y se quedaron en Jerusalén hasta que estuvieron seguros de que era el tiempo de actuar.

Mientras Jesús se preparaba para dejar a sus discípulos, dijo: «Ustedes son testigos de todo lo que ha ocurrido. Vayan al mundo y hagan más discípulos. Bautícenlos en el nombre del Padre, del Hijo y del Espíritu Santo. Enséñenles así como yo les he enseñado a ustedes. Yo enviaré al Ayudador para que les ayude en esta misión. No tengan miedo, porque yo estaré con ustedes siempre, hasta el fin del mundo».

Jesús sabía que era el momento de irse con su Padre. Miró con amor a sus amigos, sus discípulos, y declaró bendiciones sobre ellos. De repente comenzó a elevarse del suelo, ascendiendo hasta el cielo, hasta que fue llevado más allá de las nubes.

Los discípulos se quedaron de pie asombrados, viendo y adorando al que era el Hijo de Dios.

De la nada, aparecieron dos hombres de blanco junto a los discípulos, y dijeron: «¿Por qué están aún aquí, mirando hacia arriba? Jesús fue llevado al cielo. Un día Él regresará del mismo modo que lo vieron irse».

Por ahora, sin embargo, había trabajo que hacer. Los seguidores de Jesús tenían una tarea, y era urgente. Las personas del mundo necesitaban oír acerca del Dios que les amaba, el Hijo que murió por ellos, y la salvación que les esperaba.

Jesús se acercó entonces a ellos y les dijo: —Se me ha dado toda autoridad en el cielo y en la tierra. Por tanto, vayan y hagan discípulos de todas las naciones, bautizándolos en el nombre del Padre y del Hijo y del Espíritu Santo, enseñándoles a obedecer todo lo que les he mandado a ustedes. Y les aseguro que estaré con ustedes siempre, hasta el fin del mundo.

Mateo 28.18-20

EL AYUDADOR ESTÁ AQUÍ

Hechos 2

Los discípulos de Jesús estaban juntos el día de Pentecostés, un festival también llamado la Fiesta de las Semanas, que se celebraba siete semanas después de la Pascua para celebrar la cosecha del trigo. Todos estaban en la misma casa, empezando su día, cuando de repente entró un fuerte viento, llenando cada rincón de la casa donde estaban. Lo que parecía una gran nube de fuego se separó en pequeñas llamas que parecían lenguas de fuego. Estas lenguas descendieron y reposaron sobre cada uno de los discípulos.

De inmediato, todos sintieron al Espíritu Santo fluyendo a través de ellos. Sintieron la santa presencia de Dios y descubrieron que podían hablar en otras lenguas que nunca antes habían hablado.

Durante la fiesta de Pentecostés, judíos de todo el mundo viajaban a Jerusalén para celebrarlo juntos. Ahora, todos estos judíos de diferentes países oían a los seguidores de Jesús hablar distintos lenguajes, *sus propios* lenguajes, lenguajes que podían entender. Se quedaron allí de pie y escucharon asombrados, juntándose alrededor de los discípulos para escucharlos alabar a Dios en distintos lenguajes.

«¿No son todos estos galileos?», preguntó una persona. «¿Cómo les oímos hablar entonces cada uno en nuestra propia lengua, contándonos las maravillas de Dios?».

Mientras algunos estaban maravillados, otros se reían de los discípulos. «Han bebido demasiado», decían, ofreciendo así una excusa.

Pedro se levantó delante de la multitud y llevó a los demás discípulos con él. «Amigos, ¡escúchenme! ¡Déjenme explicárselo!», dijo él, moviendo sus brazos para conseguir que la multitud se calmara. «No hemos estado bebiendo. ¡Son tan solo las nueve de la mañana!». Algunos asentían, otros se reían, y Pedro continuó: «Lo que está sucediendo aquí es lo que dijo en su día el profeta Joel. Dijo que en los últimos días Dios derramaría su Espíritu sobre toda persona. Cuando lo haga, personas profetizarán y verán sueños y visiones. Esto está escrito que ocurrirá antes del regreso del Señor, y todo el que invoque el nombre de Dios será salvo».

La multitud se calmó y todos los ojos estaban ahora puestos en Pedro. Él dijo: «Amigos, Jesús les fue dado, Dios se lo envió. Él hizo milagros, señales y maravillas mediante el poder de Dios, y fue el plan de Dios entregárselo a ustedes, quienes con la ayuda de algunos hombres malvados dieron muerte a Jesús».

Varias personas se movían incómodas, bajando la mirada al suelo. Sabían que lo que Pedro decía era verdad. Se habían dejado llevar por el momento, habían creído las mentiras y habían participado en la muerte del santo Hijo de Dios.

Pedro continuó: «Pero era imposible que la muerte retuviera a Jesús por mucho tiempo. Dios lo sacó de ese sepulcro y lo resucitó de nuevo a la vida, y Jesús fue liberado para siempre de la muerte».

Miradas de alivio y asombro recorrieron la multitud, y Pedro mantenía cautiva la atención de los judíos que se habían reunido de todo el mundo.

«Sabemos que el rey David murió y fue enterrado, y sigue en su tumba hasta hoy», dijo Pedro. «Pero incluso él conocía la promesa de Dios, que uno de sus descendientes se sentaría para siempre en el trono. Incluso David, en su tiempo, habló de la resurrección del Mesías y que este Mesías se sentaría a la derecha de Dios».

Pedro hizo un gesto a los discípulos que estaban de pie a su lado y dijo: «Todos nosotros lo hemos visto con nuestros propios ojos. Este Mesías del que hablaba David, un descendiente del linaje de David, este Jesús murió pero no permaneció muerto. Dios lo resucitó para que se sentara a su mano derecha. Nosotros lo vimos con nuestros propios ojos».

Pedro continuó: «Mi punto, amigos, es este: Dios envió a Jesús, el Mesías, y ustedes lo crucificaron».

Las palabras de Pedro, estas palabras del Espíritu Santo, penetraron en el corazón y el alma de los que escuchaban. Tras un momento, ellos gritaron: «¿Y qué podemos hacer ahora? ¿Cómo podemos arreglar esto?».

«Arrepiéntanse», respondió Pedro. «Aléjense del pecado y bautícese cada uno en el nombre de Jesús. Entonces sus pecados les serán perdonados, y recibirán este mismo Ayudador que han visto actuando hoy: el Espíritu Santo. Estos regalos del perdón y del Espíritu Santo no son solo para mí y para ustedes, sino también para sus hijos y todos los hijos que vendrán, para todos aquellos a quienes Dios llame».

Ese día, más de tres mil personas decidieron seguir a Jesús, alejarse de su pecado y bautizarse, recibiendo al Espíritu Santo. Fueron los primeros frutos de la Gran Comisión. Después ellos también aceptarían esa misión, llevando las Buenas Nuevas con ellos dondequiera que iban.

El poder del Espíritu Santo, a través de la voz de un hombre, llevó a tres mil personas al Reino de Dios, al perdón, a la esperanza de la vida eterna. A través de Pedro, quien obedeció a Dios y fue ayudado por el Espíritu Santo, Dios hizo un gran impacto para su reino, y fue solo el comienzo de la obra de Dios a través de estos creyentes.

—Arrepiéntase y bautícese cada uno de
ustedes en el nombre de Jesucristo para
perdón de sus pecados —les contestó Pedro—,
y recibirán el don del Espíritu Santo. En
efecto, la promesa es para ustedes, para
sus hijos y para todos los extranjeros,
es decir, para todos aquellos a quienes
el Señor nuestro Dios quiera llamar.

Hechos 2.38, 39

PROBLEMAS PARA LA PRIMERA IGLESIA

Hechos 2, 4, 8—9

Después de Pentecostés, los nuevos creyentes dedicaron sus vidas a aprender acerca de Jesús. Pasaban tiempo con los discípulos y otros creyentes, comiendo juntos y orando juntos. Los discípulos, con la ayuda del Espíritu Santo, realizaban señales y prodigios.

Los creyentes trabajaban juntos, combinando todos sus recursos. Cuando alguien tenía necesidad, los que tenían propiedades las vendían y daban el dinero a los discípulos para distribuirlo a los que necesitaban ayuda. Era un tiempo de compañerismo y gozo, y Dios seguía añadiendo creyentes a su grupo cada día.

Aunque había un gran gozo entre los creyentes, el mundo exterior no era siempre tan acogedor. Algunas personas estaban deseosas de escuchar a los creyentes, pero los líderes religiosos seguían luchando contra el mensaje de Jesús. Cuando escucharon a Pedro y a Juan enseñar sobre Jesús, los líderes religiosos los atraparon y comenzaron a interrogarlos.

Aún mientras eran interrogados, Pedro y Juan seguían predicando el mensaje de Jesús directamente a los líderes religiosos que tenían el poder de castigarlos, ¡incluso de sentenciarlos a muerte! Los líderes estaban asombrados por la osadía, la valentía y el conocimiento de estos hombres que no estaban entrenados en la Ley, sino que eran hombres comunes con trasfondos corrientes. Los líderes religiosos no sabían qué hacer con estos discípulos. Solo sabían esto: tenían que detener este mensaje acerca de Jesús para que no se extendiera por todo el país.

«Hemos decidido dejarles en libertad», dijeron los líderes a Pedro y a Juan. «Pero deben dejar de hablar de Jesús a partir de ahora».

«¿Qué piensan que es lo correcto? ¿Qué obedezcamos a Dios o a ustedes?», respondieron Pedro y Juan. «Ustedes tomen su decisión, pero nosotros no podemos hacer otra cosa. Debemos seguir hablándoles a otros sobre lo que hemos visto y oído».

Hicieron justamente eso. Golpeados, amenazados y perseguidos, los creyentes siguieron con su misión de hablar al mundo de un Dios que les amaba tanto que envió a su Hijo a morir por ellos.

Uno de los principales perseguidores de los creyentes era un hombre llamado Saulo. Saulo iba de casa en casa, arrastrando a hombres y a mujeres de sus hogares y metiéndolos en la cárcel por creer en Jesús. Incluso pidió permiso del sumo sacerdote para ir a las sinagogas de Damasco a encontrar y encarcelar a cualquier creyente que encontrara allí.

De camino a Damasco, Saulo fue rodeado por una luz muy brillante que descendió del cielo. Se cayó al suelo atemorizado, pero los hombres que viajaban con Saulo no se movieron.

«¡Saulo!» le dijo una voz. «Saulo, ¿por qué me persigues?».

«¿Quién, quién me habla, Señor?», respondió Saulo.

«Soy yo, Jesús, a quien tú buscas y persigues», respondió Jesús.

Saulo se quedó paralizado. *No podía* ser, y a la vez *tenía* que ser.

«Ahora entra en la ciudad, y se te dirá lo que debes hacer», dijo Jesús.

Por primera vez en su vida, Saulo obedeció las palabras de Jesús. Se levantó para seguir su viaje a Damasco, ¡pero no podía ver nada! ¡Estaba ciego!

Los hombres que iban con Saulo se acercaron a él y le ayudaron a llegar a la ciudad de Damasco. Cuando llegaron, se quedaron todos con un hombre llamado Judas.

Mientras tanto, el Señor habló a un discípulo llamado Ananías. «Ve a la casa de Judas en la calle Derecha», dijo. «Pregunta por un hombre llamado Saulo de Tarso. Él está orando pidiendo ayuda y ha tenido una visión en la que tú ibas a orar por él para que recupere la vista».

«¿Saulo de Tarso?», preguntó Ananías. «¿No es el mismo hombre que está arrestando y persiguiendo a todos los cristianos en Jerusalén? Si voy a él, probablemente me arrestará, ¡o me hará algo peor!».

El Señor le respondió: «¡Ve! Yo he escogido a este hombre. Él va a llevar la palabra de Dios a los gentiles, y hará grandes sacrificios por mi nombre».

Ananías obedeció al Señor y fue a la casa donde estaba Saulo. Impuso sus manos sobre Saulo y dijo: «Hermano, el mismo Jesús que te habló en el camino vino y me habló también a mí. Me envió a venir a ti. Quiere que te ayude a ver de nuevo, y quiere que seas lleno del poder del Espíritu Santo».

Con esas palabras, algo parecido a unas escamas cayeron de los ojos de Saulo. Parpadeó y entrecerró los ojos cuando la luz llegó a ellos, y las figuras a su alrededor comenzaron a tomar forma de nuevo. ¡Podía ver! De inmediato, Saulo fue con Ananías y fue bautizado. Después, se quedó con los discípulos en Damasco por un tiempo.

Este hombre Saulo, ahora conocido como Pablo, había salido hacia Damasco con amargura y destrucción en su corazón. Se dirigía a las sinagogas para arrestar a los seguidores de Jesús. Tras una reunión con este mismo Jesús al que había odiado, Pablo cambió sus caminos, cambió su corazón y cambió su vida para siempre.

Pablo siguió yendo a las sinagogas. En vez de perseguir a los seguidores de Jesús allí, ya que él se había convertido en uno de ellos, rogaba a sus oyentes que se unieran a ellos. Les contaba su propia historia, cómo había sido salvado por la gracia de Dios, había pasado de ser enemigo a seguidor, de perseguidor a creyente, un hombre cambiado para siempre por el perdón de Cristo.

Los gobernantes, al ver la osadía con que hablaban Pedro y Juan, y al darse cuenta de que eran gente sin estudios ni preparación, quedaron asombrados y reconocieron que habían estado con Jesús.

Hechos 4.13

ALABANDO A DIOS EN LA CÁRCEL

Hechos 16

Pablo siguió difundiendo el testimonio de su conversión, de cómo pasó de perseguidor a creyente mientras viajaba por toda la región. Durante sus viajes, se encontró con una joven esclava que podía predecir el futuro porque tenía un espíritu maligno viviendo en ella. Cuando le decía el futuro a alguien, la persona pagaba a sus dueños por sus mensajes. Ella hacía ganar a sus dueños mucho dinero.

Cuando la muchacha se cruzó con Pablo y otros discípulos que lo acompañaban, gritó a los que tenía a su alrededor y dijo: «¡Miren! ¡Son siervos del Dios Altísimo! ¡Escuchen! ¡Les están diciendo cómo ser salvos». Ella sabía quiénes eran estos hombres verdaderamente incluso antes de oírlos decir ni una palabra.

Y ella no se detuvo ahí, sino que siguió a los discípulos durante días, gritando una y otra vez su proclamación dondequiera que ellos iban.

Finalmente, Pablo se hartó tanto de ella que se giró y gritó: «En el nombre de Jesús, ¡te ordeno que salgas!». De inmediato, el espíritu maligno que le daba a la esclava sus habilidades obedeció. Cuando fue liberada del espíritu maligno, la muchacha perdió su capacidad para predecir el futuro.

Por desgracia, si ella no podía seguir prediciendo el futuro, tampoco podía seguir ganando dinero para sus amos. Cuando sus amos se dieron cuenta de lo que había ocurrido, se enfurecieron. Fueron a los discípulos, tomaron a dos de ellos, a Pablo y a Silas, y los llevaron ante los magistrados para que los juzgaran.

«¡Estos hombres están provocando el caos!», dijeron los amos de la niña a las autoridades. «¡Están quebrantando las leyes de los romanos!».

La multitud los apoyó y dijeron: «¡Sí, nosotros lo hemos visto! ¡Estaban quebrantando las leyes! ¡Arréstenlos!».

Contentos con las acusaciones, las autoridades ordenaron que Pablo y Silas fueran golpeados y encarcelados. Los guardias los despojaron de sus vestidos, los azotaron y los pusieron en la celda más profunda de la cárcel, apresando sus pies con unos grilletes.

Sin embargo, eso no detuvo a Pablo y Silas de seguir con su misión. Ellos alabaron y cantaron canciones a Dios cuando ya era bien entrada la noche, mientras los demás prisioneros escuchaban. Cerca de la medianoche, el suelo comenzó a temblar, y las paredes comenzaron a derrumbarse, ¡era un terremoto!

Las puertas de la prisión se abrieron de golpe. Las cadenas que apresaban a los prisioneros se cayeron al suelo. Toda la conmoción despertó al carcelero de su sueño, y cuando miró y vio que las puertas de la prisión estaban abiertas, supo que estaba en serios problemas. Que se escaparan los prisioneros significaba una sentencia de muerte para él, por haber

permitido que sucediera. Desesperado, tomó su espada y se dispuso a quitarse la vida.

«¡Espera! ¡No te hagas daño!», gritó Pablo. «¡No pasa nada! Estamos todos aquí».

El carcelero retrocedió. «¡Luces!», gritó. Miró alrededor de la cárcel para ver las luces parpadeantes de su antorcha iluminando el rostro de cada prisionero.

No necesitaba más explicaciones. Corrió hacia Pablo y Silas, los hombres a los que había oído orar y cantar durante toda la noche. «Por favor, díganme, caballeros», dijo él, «¿qué tengo que hacer para ser salvo?».

«Tan solo cree», respondieron Pablo y Silas, sonriendo al guardia de la prisión. «Cree en Jesús, y serás salvo».

Pablo y Silas no pasaron la noche en la cárcel después de eso. Fueron invitados a casa del carcelero, donde les lavó las heridas de sus espaldas y les refrescó con una rica comida. Pablo y Silas bautizaron a toda la casa del carcelero, y todos experimentaron el gran gozo de conocer a Jesús.

Pablo entendía, quizá más que nadie, que Jesús llama y convierte a las personas de los lugares más imprevistos. Pablo sabía que su misión era ahora hacer lo mismo. Dondequiera que iba, al margen de las consecuencias, los seguidores de Jesús contaban a todos los que podían la historia de Jesús y la salvación que Él ofrece gratuitamente a todo aquel que cree.

*El carcelero pidió luz, entró precipitadamente
y se echó temblando a los pies de Pablo y
de Silas. Luego los sacó y les preguntó:
—Señores, ¿qué tengo que
hacer para ser salvo?
—Cree en el Señor Jesús; así tú y tu
familia serán salvos —le contestaron.*

Hechos 16.29-31

LO QUE SUCEDERÁ

Apocalipsis 1, 21

Muchos años después de que Jesús regresó al cielo, el discípulo Juan seguía fiel a la Gran Comisión, difundiendo el mensaje de su Salvador. Pero incluso ahora que Juan era anciano, las personas en autoridad aún odiaban a los seguidores de Jesús, arrestándolos y castigándolos por compartir el mensaje de salvación de Dios. El último castigo de Juan vino del emperador romano Domiciano. El emperador había ordenado que Juan fuera enviado a la isla de Patmos, una isla que servía de cárcel. Incluso allí en el exilio, la misión de Juan continuaba.

Sentado solo en la isla un día, Juan recibió un visitante de los más espectaculares y santos. Era Jesús, pero no el Jesús de carne y hueso que caminó con los discípulos en la tierra. Era Jesús en toda su gloria. Su rostro era como el sol, y su voz era como el sonido de muchas aguas. Era sin duda Jesús, el mismo Jesús al que Juan había adorado mientras caminaba por la tierra, el mismo Jesús que él aún adoraba, pero ahora glorificado a un grado que Juan no había visto nunca.

Cuando Juan vio a Jesús, de inmediato cayó a los pies de su maestro. Jesús se inclinó y puso su mano sobre Juan, diciendo: «No temas. Yo estuve muerto, ¡pero ahora vivo para siempre! Escribe todo esto, todo lo que has visto y lo que verás a través de mí».

Jesús le mostró a Juan muchas cosas maravillosas. Le dio mensajes y advertencias para las primeras iglesias que habían empezado los discípulos. Animó a los creyentes a esperar su venida, y a guardar sus mandamientos para que pudieran recibir sus recompensas.

Jesús le mostró a Juan la condición del mundo en el futuro, el declive y el juicio final por el pecado. Después Jesús le mostró la belleza y gloria del cielo. Finalmente, llevó a Juan a ver un cielo nuevo y una tierra nueva.

En el nuevo cielo y la nueva tierra, Juan vio un lugar donde Dios vivirá con su pueblo, secando toda lágrima de sus ojos. No habrá muerte allí, ni tristeza, ni decadencia, y no habrá dolor.

«¡Yo hago todas las cosas nuevas!», le dijo Jesús a Juan. «Yo soy el principio y el fin, el Alfa y la Omega. Yo doy el agua de vida, y los vencedores recibirán todo lo que he prometido, pero el mal será castigado».

Después Juan vio la ciudad santa, brillando como una joya. Sus muros eran como el cristal, adornados de esmeralda y ónice, rubíes y perlas, todas las piedras preciosas que Dios ha creado. ¡Incluso las calles de la ciudad estaban hechas de oro!

La ciudad no necesitaba ni sol ni luna ni lámparas ni linternas, porque solo la gloria de Dios servía para iluminarla. Las puertas nunca se cerrarán, y nada que no sea santo entrará jamás en ella. Los que creyeron en Jesús serían bienvenidos para vivir en ella para siempre.

A medida que la visión de Juan se terminaba, un ángel le dijo: «Puedes confiar en lo que has visto. Todo es cierto. El Señor quería enseñarte a ti, su siervo, las cosas que sucederán».

Jesús sabía que la obra que llamó a Juan a realizar, la obra que Él llama a realizar a todos los creyentes, no sería fácil. Jesús había experimentado cuán difícil era predicar las Buenas Nuevas de Dios a un mundo incrédulo en su tiempo aquí en la tierra. También conocía toda la historia de principio a fin, lo que es ahora y lo que ha de venir. Él sabía lo mucho que Dios amaba al mundo y a las personas que había creado. Él sabía lo mucho que Dios anhelaba que ellos vivieran en armonía con Él, y lo que había hecho para abrir un camino para que eso sucediera: para que las personas pecadoras fueran perdonadas y hechas santas. Él prometió estar ahí para su pueblo a través de todo lo que ha de venir, bueno y malo, hasta que Él venga de nuevo; cuando lo haga, los que crean en Él vivirán con Él para siempre en la eternidad.

ele

Y entonaban este nuevo cántico: «Digno eres de recibir el rollo escrito y de romper sus sellos, porque fuiste sacrificado, y con tu sangre compraste para Dios gente de toda raza, lengua, pueblo y nación».

Apocalipsis 5.9